Madame de Villeneuve

La Belle
et la Bête

ÉDITION ÉTABLIE ET PRÉSENTÉE
PAR MARTINE REID

Gallimard

Femmes de lettre

PRÉSENTATION

> « Courage, la Belle ; sois le modèle des
> femmes généreuses ; fais-toi connaître
> aussi sage que charmante [...]. Tu seras
> heureuse pourvu que tu ne t'en rapportes
> pas à des apparences trompeuses. »

La Belle et la Bête évoque plus volontiers sans
doute les somptueuses images du film de Jean Cocteau datant de 1946 (et la figure léonine de Jean
Marais), ou le dessin animé produit par les studios
Walt Disney en 1991, que le conte de Mme de Villeneuve publié en 1740, au début du règne de
Louis XV.

La version de l'histoire que les uns et les autres ont
choisi d'adapter n'est d'ailleurs pas la sienne, mais
celle de Mme Leprince de Beaumont. Auteur d'une
œuvre considérable, cette dernière prit le parti de
raccourcir sensiblement le conte de Mme de Villeneuve (il s'arrête quand l'aveu d'amour de la Belle
délivre la Bête de son sort) et de le joindre aux récits
réunis dans le *Magasin des enfants*, ouvrage pédago-
gique publié à Londres en 1756. Le succès du volume
et celui de la version succincte de *La Belle et la Bête*

7

qu'il contenait allaient rapidement éclipser le conte de Mme de Villeneuve, d'autant plus que celui-ci avait été publié anonymement. À travers ces deux versions, le XVIIIe siècle devait apprécier beaucoup une histoire inspirée par quelques mythes de l'Antiquité : Nivelle de La Chaussée adapta le conte de Mme de Villeneuve pour la scène en 1742, Marmontel fit de même pour l'opéra en 1771 avec le conte de Mme de Beaumont et Mme de Genlis en donna une version dans son théâtre d'éducation paru en 1779. Après eux, quelques auteurs du XIXe siècle adapteront ou récriront le conte à leur tour, assurant à *La Belle et la Bête* la célébrité que l'on sait, mais ne se souciant guère de son premier auteur, définitivement dépossédé de son œuvre.

C'est à l'extrême fin du XVIIe siècle que les contes de fées ont été popularisés en France par Catherine d'Aulnoy et Charles Perrault. Le genre compta ensuite un nombre conséquent de femmes auteurs et connut un succès si considérable que bien des auteurs masculins imaginèrent d'en écrire, y compris Jean-Jacques Rousseau. Sous le titre *La Jeune Amériquaine et les contes marins*, Gabrielle de Villeneuve conçut le projet de placer dans un récit qui sert de cadre (le retour à Saint-Domingue d'une jeune créole et de son fiancé) une série de contes qui seraient racontés à tour de rôle par les passagers du bateau : en 1740 parurent les deux premiers volumes contenant *La Belle et la Bête*, histoire racontée par une femme de chambre à l'esprit délié, Mlle de Chon ; l'année suivante parurent les trois volumes contenant *Les Nayades*, conté cette fois par le capitaine du bateau ; à la fin de ce deuxième conte marin, l'auteur en annonce un troisième qui ne vit pas le jour (retrouvé après sa mort, il fut publié sous le titre *Le Temps et la Patience*).

Veuve à vingt-six ans, bientôt ruinée, longtemps compagne de l'un des plus grands dramaturges du temps, Crébillon père, Gabrielle de Villeneuve a laissé à ses contemporains le souvenir d'une femme de grande taille, peu jolie, « le nez le plus long et les yeux les plus malignement ardents que j'ai vus de ma vie », si l'on en croit Louis-Sébastien Mercier. Venue tard à la littérature, elle est pourtant l'auteur d'une douzaine d'ouvrages généralement signés de la seule initiale de son patronyme, ce qui a compliqué les questions d'attribution. Choisissant tantôt la forme du conte, tantôt celle du roman, elle a laissé une œuvre de fiction qui, pour avoir sombré dans l'oubli comme bien des œuvres de femmes de cette époque, n'en mérite pas moins l'intérêt.

Dans *La Belle et la Bête*, Gabrielle de Villeneuve ne se contente pas d'exploiter le vieux motif de la métamorphose par amour. Elle mêle aux thèmes habituels du genre, parmi lesquelles la présence de fées et leurs rivalités incessantes, des références à la pastorale et au roman précieux, genres en vogue au XVIIe siècle. La Bête qu'elle imagine n'est pas un homme à tête de lion mais un monstre véritable, pourvu d'une trompe et couvert d'écailles, qui souffle et qui hurle, et qui ne possède ni grâce ni esprit de finesse : tout ce qu'il est capable de demander à la Belle est de coucher avec lui. Le château de la Bête n'est pas seulement une demeure étrange et luxueuse où les valets ont été changés en statues (ce dont se souviendra Cocteau), mais il contient des fenêtres sur le monde qui permettent à la Belle captive d'assister aux représentations de la Comédie-Italienne ou de l'Opéra, d'avoir vue sur la foire Saint-Germain ou sur la promenade des Tuileries. Le monde s'est fait théâtre, le réel pure représentation. Mets délicieux, parures de tous les pays, instruments de musique, bibliothèque pour contenter « son grand goût de la lecture », oiseaux et singes pour la servir, tout concourt à donner au quotidien de la Belle les formes de la perfection. Le goût de l'époque en matière de mode et de décoration, les « singeries », l'intérêt pour l'optique et ses illusions, le souci de contenter les sens autant que l'esprit tissent la toile de fond d'un conte magnifique regorgeant de détails inventifs et de précisions cocasses. Consacrée à la rivalité des fées entre elles et à leurs étranges coutumes, la deuxième partie se transforme en récit des origines (celles de la Belle) et se conclut sur une vision merveilleuse où le couple formé par la Belle et la Bête (redevenue « gracieuse ») est invité à gouverner sagement l'Île heureuse. Tout rentre ainsi dans l'ordre des contes : les animaux sont redevenus les hommes qu'ils étaient, la bonté et la beauté triomphent, les méchantes fées ont perdu la partie.

Par l'invention de *La Belle et la Bête*, Gabrielle de Villeneuve enrichit le domaine des contes de fées de l'un de ses plus beaux récits, dotant son héroïne d'une « force d'esprit qui n'est pas ordinaire à son sexe », comme elle prend soin de le souligner. Malgré les dangers et l'étrangeté des situations, la Belle prend son destin en main : généreuse, elle accepte de se substituer à son père auprès du monstre, comme elle accepte plus tard d'épouser la Bête parce qu'elle la voit souffrir. Si elle répond sans rougir au désir, elle ne boude pas non plus le plaisir de plaire et d'être en tout point contentée. Toutes-puissantes, les fées tentent de leur côté d'organiser comme elles peuvent la marche du temps et de régler le sort d'humains qui semblent avoir grand besoin de leur aide pour disposer dans leur existence des biens les plus chers : l'amour et la fidélité dans les épreuves, la beauté alliée à la bonté véritable, l'éternelle jeunesse. Fantasme d'une maîtrise et d'un pouvoir dont les femmes ne disposent guère dans la réalité du temps de Mme de Villeneuve mais que la conteuse, dans *La Belle et la Bête* comme dans ses autres récits, nourrit avec une remarquable obstination.

MARTINE REID

NOTE SUR LE TEXTE

La Belle et la Bête a paru dans l'ouvrage intitulé *La Jeune Amériquaine et les contes marins* par Madame de***, La Haye, aux dépens de la Compagnie, 1740. Celui-ci compte deux tomes, comprenant le récit cadre puis les deux parties de *La Belle et la Bête* (p. 51-188 et p. 1-204 respectivement). Le texte est précédé d'une dédicace à Mme Feydeau de Marville et d'une brève préface.

Nous reproduisons le texte de cette édition en en modernisant la graphie et certains traits de ponctuation, en en corrigeant quelques impropriétés et coquilles manifestes. Pour des raisons de calibrage du volume, nous avons supprimé les premières pages appartenant au récit cadre (première partie, p. 1-50) et le récit intitulé « Histoire de la Bête » (deuxième partie, p. 60-111), dont nous résumons le contenu en leur licu et place.

LA BELLE ET LA BÊTE

AVERTISSEMENT

De tous les ouvrages, ceux qui devraient le plus épargner au public la peine de lire une préface, et à l'auteur celle de la faire, ce sont sans doute les romans, puisque la plupart sont dictés par la vanité, dans le temps même que l'on mendie une honteuse indulgence ; mais mon sexe a toujours eu des privilèges particuliers, c'est dire assez que je suis femme, et je souhaite que l'on ne s'en aperçoive pas trop à la longueur d'un livre, composé avec plus de rapidité que de justesse. Il est honteux d'avouer ainsi ses fautes, je crois qu'il aurait mieux valu ne les pas publier. Mais le moyen de supprimer l'envie de se faire imprimer ? Et d'ailleurs lira qui voudra : c'est encore plus l'affaire du lecteur que la mienne. Ainsi loin de lui faire de très humbles excuses, je le menace de six contes pour le moins aussi étendus que celui-ci, dont le succès, bon ou mauvais, est seul capable de m'engager à les rendre publics, ou à les laisser dans le Cabinet.

Première partie[1]

Dans un pays fort éloigné de celui-ci, l'on voit une grande ville, où le commerce florissant entretient l'abondance. Elle a compté parmi ses citoyens un marchand heureux dans ses entreprises, et sur qui la fortune, au gré de ses désirs, avait toujours répandu ses plus belles faveurs. Mais s'il avait des richesses immenses, il avait aussi beaucoup d'enfants. Sa famille était composée de six garçons, et de six filles. Aucun n'était établi. Les garçons étaient assez jeunes pour ne se point presser. Les filles trop fières des grands biens, sur lesquels elles avaient lieu de compter, ne pouvaient aisément se déterminer pour le choix qu'elles avaient à faire.

1. Reprenant un modèle littéraire bien rodé, le conte est précédé d'un cadre qui précise ses conditions d'énonciation (première partie, p. 1-50). Femme de chambre, Mlle de Chon raccompagne à Saint-Domingue sa maîtresse, une demoiselle de Robercourt, et le fiancé de celle-ci, le chevalier de Doriancourt, issus de nobles familles de Picardie. Alors que la traversée commence à lasser les voyageurs, la compagnie imagine de se distraire en écoutant des histoires. La première à en raconter est la femme de chambre de la noble demoiselle, Mlle de Chon : « Que [le voyageur] sache que tous les après-dîners chacun fait la *sieste*, ou ce qui convient à la sûreté de la navigation, et qu'à certaine heure commode pour tous, on se rend sur le *gaillard* ou dans la grande Chambre, où Mlle de Chon commence ainsi son discours. »

Leur vanité se trouvait flattée des assiduités de la plus brillante jeunesse. Mais un revers de fortune, auquel elles ne s'attendaient pas, vint troubler la douceur de leur vie. Le feu prit dans leur maison. Les meubles magnifiques qui la remplissaient, les livres de comptes, les billets, l'or, l'argent, et toutes les marchandises précieuses, qui composaient tout le bien du marchand, furent enveloppés dans ce funeste embrasement, qui fut si violent, qu'on ne sauva que très peu de chose.

Ce premier malheur ne fut que l'avant-coureur des autres. Le père à qui jusques alors tout avait prospéré perdit en même temps, soit par des naufrages, soit par des corsaires, tous les vaisseaux qu'il avait sur la mer. Ses correspondants lui firent banqueroute ; ses commis dans les pays étrangers furent infidèles ; enfin de la plus haute opulence, il tomba tout à coup dans une affreuse pauvreté.

Il ne lui resta qu'une petite habitation champêtre, située dans un lieu désert, éloignée de plus de cent lieues de la ville, dans laquelle il faisait son séjour ordinaire. Contraint de trouver un asile loin du tumulte, et du bruit, ce fut là qu'il conduisit sa famille désespérée d'une telle révolution. Surtout les filles de ce malheureux père n'envisageaient qu'avec horreur la vie qu'elles allaient passer dans cette triste solitude. Pendant quelque temps, elles s'étaient flattées, que quand le dessein de leur père éclaterait, les amants qui les avaient recherchées, se croiraient trop heureux de ce qu'elles voudraient bien se radoucir.

Elles s'imaginaient qu'ils allaient tous à l'envi briguer l'honneur d'obtenir la préférence. Elles pensaient même qu'elles n'avaient qu'à vouloir pour trouver des époux. Elles ne restèrent pas longtemps dans une erreur si douce. Elles avaient perdu le plus beau de leurs attraits, en voyant comme un éclair disparaître la fortune brillante de leur père, et la saison du choix était passée pour elles. Cette foule empressée d'adorateurs disparut au moment de leur disgrâce. La force de leurs charmes n'en put retenir aucun.

Les amis ne furent pas plus généreux que les amants. Dès qu'elles furent dans la misère, tous sans exception cessèrent de les connaître. On poussa même la cruauté jusqu'à leur imputer le désastre qui venait de leur arriver. Ceux que le père avait le plus obligés furent les plus empressés à le calomnier. Ils débitèrent qu'il s'était attiré ces infortunes par sa mauvaise conduite, ses profusions, et les folles dépenses qu'il avait faites, et laissé faire à ses enfants.

Ainsi cette famille désolée ne put donc prendre d'autre parti que celui d'abandonner une ville, où tous se faisaient un plaisir d'insulter à sa disgrâce. N'ayant aucune ressource, ils se confinèrent dans leur maison de campagne, située au milieu d'une forêt presque impraticable, et qui pouvait bien être le plus triste séjour de la terre. Que de chagrins ils eurent à essuyer dans cette affreuse solitude ! Il fallut se résoudre à travailler aux ouvrages les plus pénibles. Hors d'état d'avoir quelqu'un pour les servir, les fils de ce malheureux marchand partagèrent entre eux les soins et les travaux domestiques. Tous à l'envi s'occupèrent à ce que la campagne exige de ceux qui veulent en tirer leur subsistance.

Les filles de leur côté ne manquèrent pas d'emploi. Comme des paysannes, elles se virent obligées de faire servir leurs mains délicates à toutes les fonctions de la vie champêtre. Ne portant que des habits de laine, n'ayant plus de quoi satisfaire leur vanité, ne pouvant vivre que de ce que la campagne peut fournir, bornées au simple nécessaire, mais ayant toujours du goût pour le raffinement et la délicatesse, ces filles regrettaient sans cesse et la ville et ses charmes. Le souvenir même de leurs premières années, passées rapidement au milieu des ris et des jeux, faisait leur plus grand supplice.

Cependant la plus jeune d'entre elles montra, dans leur commun malheur, plus de constance et de résolution. On la vit par une fermeté bien au-dessus de son âge prendre généreusement son parti. Ce n'est pas qu'elle n'eût donné d'abord des marques d'une véritable tristesse. Eh! qui ne serait pas sensible à de pareils malheurs! Mais après avoir déploré les infortunes de son père, pouvait-elle mieux faire que de reprendre sa première gaieté, d'embrasser par choix l'état seul dans lequel elle se trouvait, et d'oublier un monde dont elle avait, avec sa famille, éprouvé l'ingratitude, et sur l'amitié duquel elle était si bien persuadée qu'il ne fallait pas compter dans l'adversité?

Attentive à consoler son père et ses frères par la douceur de son caractère et l'enjouement de son esprit, que n'imaginait-elle point pour les amuser agréablement? Le marchand n'avait rien épargné pour son éducation et celle de ses sœurs. Dans ces temps fâcheux, elle en tira tout l'avantage qu'elle désirait. Jouant très bien de plusieurs instruments, qu'elle accompagnait de sa voix, c'était inviter ses sœurs à suivre son exemple, mais son enjouement et sa patience ne firent encore que les attrister.

Ces filles, que de si grandes disgrâces rendaient inconsolables, trouvaient dans la conduite de leur cadette une petitesse d'esprit, une bassesse d'âme, et même de la faiblesse à vivre gaiement dans l'état où le Ciel venait de les réduire. « Qu'elle est heureuse, disait l'aînée ! Elle est faite pour les occupations grossières. Avec des sentiments si bas, qu'aurait-elle pu faire dans le monde ? » Pareils discours étaient injustes. Cette jeune personne eût été bien plus propre à briller qu'aucune d'elles.

Une beauté parfaite ornait sa jeunesse, une égalité d'humeur la rendait adorable. Son cœur, aussi généreux que pitoyable, se faisait voir en tout. Aussi sensible que ses sœurs aux révolutions qui venaient d'accabler sa famille, par une force d'esprit qui n'est pas ordinaire à son sexe, elle sut cacher sa douleur et se mettre au-dessus de l'adversité. Tant de constance passa pour insensibilité. Mais on appelle aisément d'un jugement porté par la jalousie.

Connue des personnes éclairées pour ce qu'elle était, chacun s'était empressé de lui donner la préférence. Au milieu de sa plus haute splendeur, si son mérite la fit distinguer, sa beauté lui fit donner par excellence le nom de la *Belle*. Connue sous ce nom seul, en fallait-il davantage pour augmenter et la jalousie et la haine de ses sœurs ?

Ses appas, et l'estime générale qu'elle s'était acquise, eût dû lui faire espérer un établissement encore plus avantageux qu'à ses sœurs, mais touchée seulement des malheurs de son père, loin de faire quelque effort pour retarder son départ d'une ville dans laquelle elle avait eu tant d'agréments, elle donna tous ses soins pour en hâter l'exécution. Cette fille fit voir dans la solitude la même tranquillité qu'elle avait eue au milieu du monde. Pour adoucir ses ennuis, dans ses heures de relâche, elle ornait sa tête de fleurs, et comme à ces bergères des premiers temps, la vie rustique en lui faisant oublier ce qui l'avait le plus flattée au milieu de l'opulence, lui procurait tous les jours d'innocents plaisirs.

Déjà deux années s'étaient écoulées, et cette famille commençait à s'accoutumer à mener une vie champêtre, lorsqu'un espoir de retour vint troubler sa tranquillité. Le père reçut avis qu'un de ses vaisseaux qu'il avait cru perdu venait d'arriver à bon port richement chargé. On ajoutait qu'il était à craindre que ses facteurs n'abusant de son absence, ne vendissent sa cargaison à vil prix, et que par cette fraude, ils ne profitassent de son bien. Il communiqua cette nouvelle à ses enfants, qui ne doutèrent pas un moment qu'elle ne les mît bientôt en état de quitter le lieu de leur exil. Surtout les filles plus impatientes que leurs frères, croyant qu'il n'était pas nécessaire d'attendre rien de plus positif, voulaient partir à l'instant et tout abandonner. Mais le père, plus prudent, les pria de modérer leurs transports. Quelque nécessaire qu'il fût à sa famille dans un temps surtout où l'on ne pouvait interrompre les travaux de la campagne sans un notable préjudice, il laissa le soin de la récolte à ses fils, et prit le parti d'entreprendre seul un si long voyage.

Toutes ses filles, excepté la cadette, ne faisaient plus de doute de se revoir bientôt dans leur première opulence. Elles s'imaginaient que quand le bien de leur père ne deviendrait pas assez considérable pour qu'il les ramenât dans la grande ville, lieu de leur naissance, il en aurait du moins assez pour les faire vivre dans une autre ville moins florissante. Elles espéraient y trouver bonne compagnie, y faire des amants, profiter du premier établissement qu'on leur proposerait. Ne pensant déjà presque plus aux peines que depuis deux ans elles venaient d'essuyer, se croyant même déjà, comme par miracle, transportées d'une fortune médiocre dans le sein d'une agréable abondance, elles osèrent (car la solitude ne leur avait pas fait perdre le goût du luxe et de la vanité) accabler leur père de folles commissions. Il était chargé de faire pour elles des emplettes en bijoux, en parures, en coiffures. À l'envi l'une de l'autre, c'était à qui demanderait davantage. Mais le produit de la prétendue fortune du père n'aurait pu suffire à les satisfaire. La Belle, que l'ambition ne tyrannisait pas et qui n'agissait jamais que par prudence, jugea d'un coup d'œil que s'il remplissait les mémoires de ses sœurs, le sien serait très inutile. Mais le père, surpris de son silence, lui dit : « Et toi, la Belle, en interrompant ces filles insatiables, n'as-tu point envie de quelque chose ? Que t'apporterai-je ? Que souhaites-tu ? Parle hardiment. — Mon cher papa, lui répondit cette aimable fille en l'embrassant tendrement, je désire une chose plus précieuse que tous les ajustements que mes sœurs vous demandent. J'y borne mes vœux. Trop heureuse, s'ils sont remplis, c'est le bonheur de vous voir de retour en parfaite santé. » Cette réponse si bien marquée au coin du désintéressement couvrit les autres de honte et de confusion. Elles en furent si courroucées qu'une d'entre elles, répondant pour toutes, dit avec aigreur : « Cette petite fille fait l'importante, et s'imagine qu'elle se distinguera par cette affection héroïque. Assurément rien n'est plus ridicule. » Mais le père, attendri de ses sentiments, ne put s'empêcher d'en marquer sa joie, touché même des vœux auxquels cette fille se bornait, il voulut qu'elle demandât quelque chose, et pour adoucir ses autres filles indisposées contre elle, il lui remontra que pareille insensibilité sur la parure ne convenait pas à son âge, qu'il y avait un temps pour tout. « Eh bien !

mon cher père, lui dit-elle, puisque vous me l'ordonnez, je vous supplie de m'apporter une rose. J'aime cette fleur avec passion : depuis que je suis dans cette solitude, je n'ai pas eu la satisfaction d'en voir une seule. » C'était obéir et vouloir en même temps qu'il ne fît aucune dépense pour elle.

Cependant le jour vint qu'il fallait que ce bon vieillard s'arrachât des bras de sa nombreuse famille. Le plus promptement qu'il put, il se rendit dans la grande ville où l'apparence d'une nouvelle fortune le rappelait. Il n'y trouva pas les avantages qu'il pouvait espérer. Son vaisseau véritablement était arrivé, mais ses associés, qui le croyaient mort, s'en étaient emparés ; et tous les effets avaient été dispersés. Ainsi, loin d'entrer dans la pleine et paisible possession de ce qui lui pouvait appartenir, pour soutenir ses droits, il lui fallut essuyer toutes les chicanes imaginables. Il les surmonta ; mais après plus de six mois de peine et de dépense, il ne fut pas plus riche qu'auparavant. Ses débiteurs étaient devenus insolvables, et à peine fut-il remboursé des frais. C'est où se termina cette richesse chimérique. Pour comble de désagrément, afin de ne pas hâter sa ruine, il fut obligé de partir dans la saison la plus incommode et le temps le plus effroyable. Exposé sur sa route à toutes les injures de l'air, il faillit de périr de fatigue ; mais quand il se vit à quelques lieues de sa maison, de laquelle il ne comptait pas sortir pour courir après de folles espérances, que la Belle avait eu raison de mépriser, les forces lui revinrent.

Il lui fallait plusieurs heures pour traverser la forêt, il était tard, cependant il voulut continuer sa route ; mais surpris par la nuit, pénétré du froid le plus piquant, et enseveli pour ainsi dire sous la neige avec son cheval, ne sachant enfin où porter ses pas, il crut toucher à sa dernière heure. Nulle cabane sur sa route, quoique la forêt en fût remplie. Un arbre creusé par la pourriture fut tout ce qu'il trouva de meilleur, trop heureux encore d'avoir pu s'y cacher! Cet arbre, en le garantissant du froid, lui sauva la vie : et le cheval peu loin de son maître, aperçut un antre creux, où conduit par l'instinct il se mit à l'abri.

La nuit en cet état lui parut d'une longueur extrême, de plus, persécuté par la faim, effrayé par les hurlements des bêtes sauvages qui passaient sans cesse à ses côtés, pouvait-il être un instant tranquille? Ses peines et ses inquiétudes ne finirent pas avec la nuit. Il n'eut que le plaisir de voir le jour, et son embarras fut grand. En voyant la terre extraordinairement couverte de neige, quel chemin pouvait-il prendre? Aucun sentier ne s'offrait à ses yeux; ce ne fut qu'après une longue fatigue et des chutes fréquentes, qu'il put trouver une espèce de route, dans laquelle il marcha plus aisément.

En avançant sans le savoir, le hasard conduisit ses pas dans l'avenue d'un très beau château, que la neige avait paru respecter. Elle était composée de quatre rangs d'orangers d'une extrême hauteur, chargés de fleurs et de fruits. On y voyait des statues placées sans ordre, ni symétrie, les unes étaient dans le chemin, les autres entre les arbres, toutes d'une matière inconnue, de grandeur et de couleur humaine, en différentes attitudes et sous divers ajustements, dont le plus grand nombre représentait des guerriers. Arrivé jusque dans la première cour, il y vit encore une infinité d'autres statues. Le froid qu'il souffrait ne lui permit pas de les considérer.

Un escalier d'agate à rampe d'or ciselé, d'abord s'offrit à sa vue : il traversa plusieurs chambres magnifiquement meublées, une chaleur douce qu'il y respira le remit de ses fatigues. Il avait besoin de quelque nourriture, à qui s'adresser ? Ce vaste et magnifique édifice ne paraissait être habité que par des statues. Un silence profond y régnait, et cependant il n'avait point l'air de quelque vieux palais qu'on eût abandonné. Les salles, les chambres, les galeries, tout était ouvert, nul être vivant ne paraissait dans un si charmant lieu. Las de parcourir les appartements de cette vaste demeure, il s'arrêta dans un salon où l'on avait fait un grand feu. Présumant qu'il était préparé pour quelqu'un qui ne tarderait pas à paraître, il s'approcha de la cheminée pour se chauffer. Mais personne ne vint. Assis en attendant sur un sofa placé près du feu, un doux sommeil lui ferma les paupières et le mit hors d'état d'observer si quelqu'un ne le viendrait point surprendre.

La fatigue avait causé son repos, la faim l'interrompit. Depuis plus de vingt-quatre heures, il en était tourmenté, l'exercice même qu'il venait de faire depuis qu'il était dans ce palais augmentait encore ses besoins. À son réveil, il fut agréablement surpris de voir en ouvrant les yeux une table délicatement servie. Un léger repas ne pouvait le contenter, et les mets somptueusement apprêtés l'invitaient à manger de tout.

Son premier soin fut de remercier hautement ceux desquels il tenait tant de bien ; et il résolut ensuite d'attendre tranquillement qu'il plût à ses hôtes de se faire connaître. Comme la fatigue l'avait endormi avant le repas, la nourriture produisit le même effet et rendit son repos plus long et plus paisible, en sorte qu'il dormit cette seconde fois au moins quatre heures. À son réveil, au lieu de la première table, il en vit une autre de porphyre sur laquelle une main bienfaisante avait dressé une collation composée de gâteaux, de fruits secs et de vins de liqueur : c'était encore pour qu'il en fît usage. Ainsi, profitant des bontés qu'on lui témoignait, il usa de tout ce qui put flatter son appétit, son goût et sa délicatesse.

Cependant, ne voyant personne à qui parler et qui l'instruisît si ce palais était la demeure ou d'un homme ou d'un dieu, la frayeur s'empara de ses sens (car il était naturellement peureux). Son parti fut de repasser dans tous les appartements, il y comblait de bénédictions le génie auquel il était redevable de tant de bienfaits, et par des instances respectueuses, il le sollicitait de se montrer à lui. Tant d'empressements furent inutiles. Nulle apparence de domestique, nulle suite qui lui fît connaître que ce palais fût habité. Rêvant profondément à ce qu'il devait faire, il lui vint en pensée que, pour des raisons qu'il ne pouvait pénétrer, quelque Intelligence lui faisait présent de cette demeure avec toutes les richesses dont elle était remplie.

Cette pensée lui parut être une inspiration, et sans tarder, faisant de nouveau la revue, il prit possession de tous ces trésors. Bien plus en lui-même, il régla la part qu'il destinait à chacun de ses enfants, et marqua les logements qui pouvaient séparément leur convenir, en se félicitant de la joie que leur causerait un pareil voyage, il descendit dans le jardin, où malgré la rigueur de l'hiver, il vit, comme au milieu du printemps, les fleurs les plus rares exhaler une odeur charmante. On y respirait un air doux et tempéré. Des oiseaux de toute espèce mêlant leur ramage au bruit confus des eaux formaient une aimable harmonie.

Le vieillard, extasié de tant de merveilles, disait en lui-même : « Mes filles n'auront pas, je pense, de peine à s'accoutumer dans ce délicieux séjour. Je ne puis croire qu'elles regrettent, ou qu'elles désirent la ville préférablement à cette demeure. Allons, s'écriat-il, avec un transport de joie peu commun, partons à l'instant. Je me fais d'avance une félicité de voir la leur : n'en retardons pas la jouissance. »

En entrant dans ce château si riant, il avait eu soin, malgré le grand froid dont il était pénétré, de débrider son cheval, et de le faire aller vers une écurie qu'il avait remarquée dans la première cour. Une allée garnie de palissades formées par des berceaux de rosiers fleuris y conduisait. Jamais il n'avait vu de si belles roses. Leur odeur lui rappela le souvenir d'en avoir promis une à la Belle. Il en cueillit une, il allait continuer de faire six bouquets, mais un bruit terrible lui fit tourner la tête ; sa frayeur fut grande, quand il aperçut à ses côtés une horrible Bête, qui d'un air furieux lui mit sur le col une espèce de trompe semblable à celle d'un éléphant, et lui dit d'une voix effroyable : « Qui t'a donné la liberté de cueillir mes roses ? N'était-ce pas assez que je t'eusse souffert dans mon palais avec tant de bonté ? Loin d'en avoir de la reconnaissance, téméraire, je te vois voler mes fleurs. Ton insolence ne restera pas impunie. » Le bonhomme, déjà trop épouvanté de la présence inopinée de ce monstre, pensa mourir de frayeur à ce discours, et jetant promptement cette rose fatale : « Ah ! monseigneur, s'écria-t-il prosterné par terre, ayez pitié de moi. Je ne manque point de reconnaissance. Pénétré de vos bontés, je ne me suis pas imaginé que si peu de chose fût capable de vous offenser ». Le monstre, tout en colère, lui répondit : « Tais-toi, maudit harangueur, je n'ai que faire de tes flatteries, ni des titres que tu me donnes, je ne suis pas monseigneur, je suis la Bête, et tu n'éviteras pas la mort que tu mérites. » Le marchand, consterné par une si cruelle sentence, croyant que le parti de la soumission était le seul qui le pût garantir de la mort, lui dit d'un air véritablement touché, que la rose qu'il avait osé prendre était pour une de ses filles appelée la Belle. Ensuite, soit qu'il espérât de retarder sa perte, ou de toucher son ennemi de compassion, il lui fit le récit de ses malheurs, il lui raconta le sujet de son voyage, et n'oublia pas le petit présent qu'il s'était engagé de faire à la Belle, ajoutant que la chose à laquelle elle s'était restreinte pendant que les richesses d'un roi n'auraient à peine que suffi pour remplir les désirs de ses autres filles, venait à l'occasion qui s'en était présentée de lui faire naître l'envie de la contenter, qu'il avait cru le pouvoir faire sans conséquence, que d'ailleurs il lui demandait pardon de cette faute involontaire.

La Bête rêva un moment. Reprenant ensuite la parole, d'un ton moins furieux, elle lui tint ce langage : « Je veux bien te pardonner, mais ce n'est qu'à condition que tu me donneras une de tes filles. Il me faut quelqu'un pour réparer cette faute.

— Juste Ciel ! que me demandez-vous ? reprit le marchand. Comment vous tenir ma parole ! Quand je serais assez inhumain pour vouloir racheter ma vie aux dépens de celle d'un de mes enfants, de quel prétexte me servirais-je pour le faire venir ici ?

— Il ne faut point de prétexte, interrompit la Bête. Je veux que celle de tes filles que tu conduiras vienne ici volontairement, ou je n'en veux point. Vois si entre elles il en est une assez courageuse, et qui t'aime assez pour vouloir s'exposer afin de te sauver la vie. Tu portes l'air d'un honnête homme : donne-moi ta parole de revenir dans un mois, si tu peux en déterminer une à te suivre : elle restera dans ces

lieux, et tu t'en retourneras. Si tu ne le peux, promets-moi de revenir seul après leur avoir dit adieu
pour toujours, car tu seras à moi. Ne crois pas, poursuivit le monstre en faisant craquer ses dents, accepter ma proposition pour te sauver. Je t'avertis que si
tu pensais de cette façon, j'irais te chercher, et que
je te détruirais avec ta race, quand cent mille
hommes se présenteraient pour te défendre. »

Le bonhomme, quoique très persuadé qu'il tente-
rait inutilement l'amitié de ses filles, accepta cependant la proposition du monstre. Il lui promit de
revenir, au temps marqué, se livrer à sa triste destinée, sans qu'il fût nécessaire de le venir chercher.
Après cette assurance, il crut être le maître de se retirer et pouvoir prendre congé de la Bête, dont la présence ne pouvait que l'affliger. La grâce qu'il en avait
obtenue était légère, mais il craignait encore qu'elle
ne la révoquât. Il lui fit connaître l'envie qu'il avait
de partir ; la Bête lui répondit qu'il ne partirait que
le lendemain. « Tu trouveras, lui dit-elle, un cheval
prêt, dès qu'il fera jour. En peu de temps, il te
mènera. Adieu, va souper, et attends mes ordres. »

Ce pauvre homme, plus mort que vif, reprit le chemin du salon dans lequel il avait fait si bonne chère.
Vis-à-vis d'un grand feu, son souper déjà servi l'invitait à se mettre à table. La délicatesse et la somp-
tuosité des mets n'avaient plus rien qui le flattassent.
Accablé de son malheur, s'il n'eût pas craint que la
Bête cachée en quelque endroit ne l'eût observé, s'il
eût été sûr de ne pas exciter sa colère, par le mépris
qu'il eût fait de ses biens, il ne se serait pas mis à
table. Pour éviter un nouveau désastre, il fit un
moment trêve avec sa douleur, et autant que son
cœur affligé le lui put permettre, il goûta suffisamment de tous les mets.

À la fin du repas, un grand bruit dans l'appartement voisin se fit entendre, il ne douta point que ce ne fût son formidable hôte. Comme il n'était pas le maître d'éviter sa présence, il essaya de se remettre de la frayeur que ce bruit subit venait de lui causer. À l'instant, la Bête qui parut lui demanda brusquement s'il avait bien soupé. Le bonhomme lui répondit, d'un ton modeste et craintif, qu'il avait, grâce à ses attentions, beaucoup mangé. « Promets-moi, reprit le monstre, de te souvenir de la parole que tu viens de me donner et de la tenir en homme d'honneur, en amenant une de tes filles. »

Le vieillard, que cette conversation n'amusait pas, lui jura d'exécuter ce qu'il avait promis et d'être de retour dans un mois, seul ou avec une de ses filles, s'il s'en trouvait qui l'aimât assez pour le suivre, aux conditions qu'il lui devait proposer. « Je t'avertis de nouveau, dit la Bête, de prendre garde à ne la pas surprendre sur le sacrifice que tu dois exiger d'elle et sur le danger qu'elle encourra. Peins-lui ma figure, telle qu'elle est. Qu'elle sache ce qu'elle va faire : surtout qu'elle soit ferme dans ses résolutions. Il ne sera plus temps de faire des réflexions quand tu l'auras amenée ici. Il ne faut pas qu'elle se dédise : tu seras également perdu sans qu'elle eût la liberté de s'en retourner. » Le marchand, qu'un pareil discours assommait, lui réitéra la promesse de se conformer en tout à ce qu'elle venait de lui prescrire. Le monstre, content de sa réponse, lui commanda de se coucher et de ne se pas lever qu'il ne vît le soleil, et qu'il n'eût entendu une sonnette d'or.

« Tu déjeuneras avant de partir, lui dit-il encore ; et tu peux emporter une rose pour la Belle. Le cheval qui te doit porter sera prêt dans la cour. Je compte te revoir dans un mois, pour peu que tu sois honnête homme. Adieu : si tu manques de probité, je t'irai rendre visite. » Le bonhomme, de peur de prolonger une conversation déjà trop ennuyeuse pour lui, fit une profonde révérence à la Bête, qui l'avertit encore de ne se point inquiéter du chemin pour son retour ; qu'au temps marqué, le même cheval qu'il monterait demain matin se trouverait à sa porte, et suffirait pour sa fille et pour lui.

Quelque peu d'envie que le vieillard eut de dormir, il n'osa passer les ordres qu'il avait reçus. Obligé de se coucher, il ne se leva que quand le soleil commença de luire dans sa chambre. Son déjeuner fut prompt, ensuite il descendit dans le jardin cueillir la rose que la Bête avait ordonné qu'il emportât. Que cette fleur lui fit répandre de larmes ! Mais par la crainte de s'attirer de nouveaux malheurs, il se contraignit et fut sans retardement chercher le cheval, qui lui avait été promis. Il trouva sur la selle un manteau chaud et léger. Il y fut bien plus commodément que sur le sien. Dès que le cheval le sentit assis, il partit avec une vitesse incroyable. Le marchand, qui dans un instant perdit de vue ce fatal palais, ressentit autant de joie qu'il avait eu la veille de plaisir à l'apercevoir, avec cette différence que la douceur de s'en éloigner était empoisonnée de la cruelle nécessité d'y retourner.

« À quoi me suis-je engagé ? dit-il (pendant que son coursier le portait avec une promptitude et une légèreté qui n'est connue que dans le pays des contes). Ne valait-il pas mieux que je devinsse tout d'un coup la victime de ce monstre altéré du sang de ma famille ? Par une promesse que j'ai faite, aussi dénaturée qu'indiscrète, il m'a prolongé la vie. Est-il possible que j'aie pu penser à sauver mes jours aux dépens de ceux d'une de mes filles ? Aurai-je la bar-

barie de l'emmener, pour la voir sans doute dévorée à mes yeux... » Mais tout d'un coup, s'interrompant lui-même : « Eh ! malheureux, s'écriait-il, est-ce ce que je dois le plus craindre ? Quand je pourrais dans mon cœur faire taire la voix du sang, dépendrait-il de moi de commettre cette lâcheté ? Il faut qu'elle sache son sort et qu'elle y consente : je ne vois nulle apparence qu'elle veuille se sacrifier pour un père inhumain ; et je ne dois pas lui faire pareille proposition, elle est injuste. Mais je veux que l'affection qu'elles ont toutes pour moi en engageât une à se dévouer, la seule vue de la Bête ne détruirait-elle pas sa constance, et je ne pourrais m'en plaindre ? Ah ! trop impérieuse Bête, dit-il avec exclamation, tu l'as fait exprès, en mettant une condition impossible au moyen que tu m'offres pour éviter ta fureur, et obtenir le pardon d'une faute aussi légère, c'est ajouter l'insulte à la peine ; mais continua-t-il, c'est trop y penser, je ne balance plus, et j'aime mieux m'exposer sans détour à ta rage, que de tenter un secours inutile, et dont l'amour paternel est épouvanté. Reprenons, continua-t-il, le chemin de ce funeste palais : et dédaignant d'acheter si cher les restes d'une vie, qui ne pourrait être que misérable, avant le mois qui nous est accordé, retournons terminer dès aujourd'hui nos malheureux jours. »

À ces mots, il voulut revenir sur ses pas, mais il lui fut impossible de faire retourner bride à son cheval. Se laissant malgré lui conduire, du moins il prit le parti de ne rien proposer à ses filles. Déjà de loin, il voyait sa maison, et se fortifiant de plus en plus dans sa résolution : « Je ne leur parlerai point, disait-il, du danger qui me menace : j'aurai le plaisir de les embrasser encore une fois. Je leur donnerai mes derniers conseils : je les prierai de bien vivre avec leurs frères, à qui je recommanderai de ne les pas abandonner. »

Au milieu de ces rêveries, il arriva chez lui. Son cheval revenu le soir précédent avait inquiété sa famille. Ses fils dispersés dans la forêt l'avaient cherché de tous les côtés, et ses filles dans l'impatience d'en avoir des nouvelles, étaient à leur porte pour s'en informer au premier qu'elles verraient. Comme il était monté sur un magnifique cheval et enveloppé d'un riche manteau, pouvaient-elles le reconnaître ? Elles le prirent d'abord pour un homme qui venait de sa part, et la rose qu'elles aperçurent attachée au pommeau de la selle acheva de les tranquilliser.

Lorsque ce père affligé se trouva plus proche, elles le reconnurent. On ne songea qu'à lui témoigner la satisfaction qu'on avait de le voir de retour en bonne santé. Mais la tristesse peinte sur son visage, et ses yeux remplis de larmes qu'il s'efforçait en vain de retenir, changèrent l'allégresse en inquiétude. Tous s'empressèrent à lui demander le sujet de sa peine. Il ne répondit rien autre chose, sinon que de dire à la Belle en lui présentant la rose fatale : « Voilà ce que tu m'as demandé ; tu le payeras cher aussi bien que les autres.

— Je le savais bien, dit l'aînée, et j'assurais tout à l'heure qu'elle serait la seule à qui vous apporteriez ce qu'elle demanderait. Pour forcer la saison, il n'a pas fallu donner moins que ce que vous auriez employé pour nous cinq ensemble. Cette rose, selon les apparences, sera flétrie avant la fin du jour, n'importe à quelque prix que ce fût, vous avez voulu satisfaire l'heureuse Belle.

— Il est vrai, reprit tristement le père, que cette rose me coûte cher, et plus cher que tous les ajustements que vous souhaitiez n'auraient coûté. Ce n'est pas en argent ; et plût au Ciel que je l'eusse achetée de tout ce qui me reste de bien. »

Ce discours excita la curiosité de ses enfants et fit évanouir la résolution qu'il avait prise de ne pas révéler son aventure. Il leur apprit le mauvais succès de son voyage, la peine qu'il avait eue à courir après une fortune chimérique, et tout ce qui s'était passé dans le palais du monstre. Après cet éclaircissement, le désespoir prit la place de l'espérance et de la joie.

Les filles, voyant par ce coup de foudre tous leurs projets anéantis, poussèrent des cris épouvantables ; les frères, plus courageux, dirent résolument qu'ils ne souffriraient point que leur père retournât dans ce funeste château, qu'ils étaient assez courageux pour délivrer la terre de cette horrible Bête, supposé qu'elle eût la témérité de le venir chercher. Le bonhomme, quoique touché de leur affliction, leur défendit les violences, en disant que puisqu'il avait donné sa parole, il se donnerait la mort plutôt que d'y manquer.

Cependant, ils cherchèrent des expédients pour lui sauver la vie ; ces jeunes gens, remplis de courage et de vertu, proposèrent que l'un d'eux fût s'offrir au courroux de la Bête. Mais elle s'était expliquée positivement en disant qu'elle voulait une des filles, et non pas un des garçons. Ces braves frères, fâchés que leur bonne volonté ne pût avoir son exécution, firent ce qu'ils purent pour inspirer les mêmes sentiments à leurs sœurs. Mais leur jalousie contre la Belle était suffisante pour mettre un obstacle invincible à cette action héroïque.

« Il n'est pas juste, dirent-elles, que nous périssions d'une façon épouvantable pour une faute dont nous ne sommes pas coupables. Ce serait nous rendre les victimes de la Belle, à qui l'on serait bien aise de nous sacrifier ; mais le devoir n'exige pas de tels sacrifices de nous. Voilà quel est le fruit de la modération et des moralités perpétuelles de cette malheureuse. Que ne demandait-elle comme nous des nippes et des bijoux ? Si nous ne les avons pas eus, du moins il n'en a rien coûté pour les demander, et nous n'avons pas lieu de nous reprocher d'avoir exposé la vie de notre père par des demandes indiscrètes. Si par un désintéressement affecté elle n'avait pas voulu se distinguer, comme elle est en tout plus heureuse que nous, il se serait sans doute trouvé assez d'argent pour la contenter. Mais il fallait que par un singulier caprice, elle fût la cause de tous nos malheurs. C'est elle qui nous les attire et c'est sur nous qu'on veut les faire rejaillir. Nous n'en serons pas les dupes. Elle les a causés, qu'elle y mette le remède. »

La Belle, à qui la douleur avait presque ôté la connaissance, faisant taire ses sanglots et ses soupirs, dit à ses sœurs : « Je suis coupable de ce malheur : c'est à moi seule de le réparer. J'avoue qu'il serait injuste que vous souffrissiez de ma faute. Hélas ! Elle est pourtant bien innocente. Pouvais-je prévoir que le désir d'avoir une rose au milieu de l'été devait être puni par un tel supplice ? Cette faute est faite : que je sois innocente ou coupable, il est juste que je l'expie. On ne peut l'imputer à d'autre. Je m'exposerai, poursuivit-elle d'un ton ferme, pour tirer mon père de son fatal engagement. J'irai trouver la Bête, trop heureuse en mourant de conserver la vie à celui de qui je l'ai reçue, et de faire cesser vos murmures. Ne craignez pas que rien m'en puisse détourner. Mais de grâce, pendant ce mois, donnez-moi le plaisir de ne plus entendre vos reproches. »

Tant de fermeté dans une fille de son âge les surprit beaucoup ; et ses frères qui l'aimaient tendrement furent touchés de sa résolution. Elle avait pour eux des attentions infinies, et ils sentirent la perte qu'ils allaient faire. Mais il s'agissait de sauver la vie d'un père : ce pieux motif leur ferma la bouche, et très persuadés que c'était une chose résolue, loin de penser à combattre un si généreux dessein, ils se contentèrent de répandre des larmes, et de donner à leur sœur les louanges que méritait sa noble résolution, d'autant plus grande que n'ayant que seize ans, elle avait droit de regretter une vie qu'elle voulait sacrifier d'une façon si cruelle.

Le père seul ne voulut pas consentir au dessein que prenait sa fille cadette. Mais les autres insolemment lui reprochèrent que la Belle seule le touchait, que malgré les malheurs dont elle était cause, il était fâché que ce ne fût pas une de ses aînées qui payât son imprudence.

De si injustes discours le forcèrent à ne plus insister. D'ailleurs, la Belle venait de l'assurer que quand il n'accepterait pas l'échange, elle le ferait malgré lui, puisqu'elle irait seule chercher la Bête et qu'elle se perdrait sans le sauver. «Que sait-on ? dit-elle, en s'efforçant de témoigner plus de tranquillité qu'elle n'en avait, peut-être que le sort effroyable qui m'est destiné en cache un autre aussi fortuné qu'il paraît terrible. »

Ses sœurs, en l'entendant parler ainsi, souriaient malicieusement de cette chimérique pensée ; elles étaient ravies de l'erreur dans laquelle elles la croyaient. Mais le vieillard vaincu par toutes ses raisons, et se ressouvenant d'une ancienne prédiction, par laquelle il avait appris que cette fille lui devait sauver la vie et qu'elle serait la source du bonheur de toute sa famille, cessa de s'opposer à la volonté de la Belle. Insensiblement, on parla de leur départ comme d'une chose presque indifférente. C'était elle qui donnait le ton à la conversation, et si dans leur présence elle paraissait compter sur quelque chose d'heureux, ce n'était uniquement que pour consoler son père et ses frères, et ne pas les alarmer davantage. Quoique mécontente de la conduite de ses sœurs à son égard, qui paraissaient comme impatientes de la voir partir, et qui trouvaient que le mois s'écoulait avec trop de lenteur, elle eut la générosité de leur partager tous les petits meubles et les bijoux qu'elle avait en sa disposition.

Elles reçurent avec joie cette nouvelle preuve de sa générosité, sans que leur haine fût adoucie. Une extrême joie s'empara de leurs cœurs quand elles entendirent hennir le cheval envoyé pour porter une sœur que la noire jalousie ne leur faisait pas trouver aimable. Le père et les fils seuls affligés ne pouvaient tenir contre ce fatal moment, ils voulaient égorger le cheval, mais la Belle, conservant toute sa tranquillité, leur remontra dans cette occasion tout le ridicule de ce dessein et l'impossibilité de l'exécuter. Après avoir pris congé de ses frères, elle embrassa ses insensibles sœurs, en leur faisant un adieu si touchant qu'elle leur arracha quelques larmes, et qu'elles se crurent l'espace de quelques minutes presque autant affligées que leurs frères.

Pendant ces regrets courts et tardifs, le bonhomme pressé par sa fille étant monté sur son cheval, elle se mit en croupe avec le même empressement que s'il se fût agi d'un voyage fort agréable. L'animal parut plutôt voler que marcher. Cette extrême diligence ne l'incommoda point ; l'allure de ce cheval singulier était si douce que la Belle ne ressentit d'autre agitation que celle qui provenait du souffle des zéphyrs.

En vain sur la route son père cent fois lui fit offre de la mettre à terre, et d'aller seul retrouver la Bête.

« Pense, ma chère enfant, lui disait-il, qu'il est encore temps. Ce monstre est plus épouvantable que tu ne peux l'imaginer. Quelque ferme que soit ta résolution, je crains qu'elle ne manque à son aspect. Alors il sera trop tard, tu seras perdue, et nous périrons tous deux.

— Si j'allais chercher cette Bête terrible, reprenait prudemment la Belle, avec l'espérance d'être heureuse, il ne serait pas impossible que cet espoir ne m'abandonnât en la voyant ; mais comme je compte sur une mort prochaine et que je la crois assurée, que m'importe que ce qui me la doit donner soit agréable ou hideux. »

En s'entretenant ainsi, la nuit vint et le cheval ne marcha pas moins dans l'obscurité. Par le plus surprenant spectacle, elle se dissipa tout d'un coup. Ce furent des fusées de toutes façons, des pots à feu, des moulinets, des soleils, des gerbes et tout ce que l'artifice peut inventer de plus beau qui vinrent frapper les yeux de nos deux voyageurs. Cette lumière agréable et imprévue éclairant toute la forêt répandit dans l'air une douce chaleur, qui commençait à devenir nécessaire, parce que le froid, dans ce pays, se fait sentir d'une façon plus piquante la nuit que le jour.

À la faveur de cette charmante clarté, le père et la fille se trouvèrent dans l'avenue d'orangers. Au moment qu'ils y furent, le feu d'artifice cessa. Sa lumière fut remplacée par toutes les statues, lesquelles avaient dans leurs mains des flambeaux allumés. De plus, des lampions sans nombre couvraient toute la façade du palais : placés en symétrie, ils formaient des lacs d'amour [1] et des chiffres couronnés,

1. « On appelle "lacs d'amour" des cordons passés l'un dans l'autre d'une certaine manière » (*Dictionnaire de l'Académie* [*DA*], 1762).

où l'on voyait des doubles L. L. et des doubles B. B. En entrant dans la cour, ils furent régalés d'une salve d'artillerie, qui se joignant au bruit de mille instruments divers, tant doux que guerriers, firent une harmonie charmante.

« Il faut, dit la Belle en raillant, que la Bête soit bien affamée pour faire une telle réjouissance à l'arrivée de sa proie. » Cependant, malgré l'émotion que lui causait l'approche d'un événement qui, selon l'apparence, allait lui devenir fatal, en donnant toute son attention à tant de magnificences qui se succédaient les unes aux autres, et lui présentaient le plus beau spectacle qu'elle eût jamais vu, elle ne put s'empêcher de dire à son père « que les préparatifs de sa mort étaient plus brillants que la pompe nuptiale du plus grand roi de la terre ».

Le cheval fut s'arrêter au bas du perron. Elle en descendit légèrement et son père, dès qu'il eut mis pied à terre, la conduisit par un vestibule au salon dans lequel il avait été si bien régalé. Ils y trouvèrent un grand feu, des bougies allumées, qui répandaient un parfum exquis, et de plus une table splendidement servie.

Le bonhomme, au fait de la façon dont la Bête nourrissait ses hôtes, dit à sa fille que ce repas était destiné pour eux, qu'il était à propos d'en faire usage. La Belle n'en fit nulle difficulté, bien persuadée que cela n'avancerait pas sa mort. Au contraire, elle s'imagina que ce serait faire connaître au monstre le peu de répugnance qu'elle avait eue de le venir trouver. Elle se flatta que sa franchise serait capable de l'adoucir et même que son aventure pourrait être moins triste qu'elle ne l'avait appréhendé d'abord. Cette Bête épouvantable, dont on l'avait menacée, ne se montrait point : tout dans le palais respirait la joie

42

et la magnificence. Il paraissait que son arrivée l'avait fait naître, et il n'était pas vraisemblable qu'elle fût les apprêts d'une pompe funèbre.

Son espérance ne dura guère. Le monstre se fit entendre. Un bruit effroyable, causé par le poids énorme de son corps, par le cliquetis terrible de ses écailles et par des hurlements affreux annonça son arrivée. La terreur s'empara de la Belle. Le vieillard, en embrassant sa fille, poussa des cris perçants. Mais devenue dans un instant maîtresse de ses sens, elle se remit de son agitation. En voyant approcher la Bête, qu'elle ne put envisager sans frémir en elle-même, elle avança d'un pas ferme, et d'un air modeste salua fort respectueusement la Bête. Cette démarche plut au monstre. Après l'avoir considérée d'un ton qui sans avoir l'air courroucé pouvait inspirer de la terreur aux plus hardis, il dit au vieillard « bonsoir, bonhomme », et se retournant vers la Belle, il lui dit pareillement « bonsoir, la Belle ».

Le vieillard, toujours appréhendant qu'il n'arrivât quelque chose de sinistre à sa fille, n'eut pas la force de répondre. Mais la Belle, sans s'émouvoir et d'une voix douce et assurée lui dit : « Bonsoir, la Bête. — Venez-vous ici volontairement, reprit la Bête, et consentez-vous à laisser partir votre père sans le suivre ? » La Belle lui répondit qu'elle n'avait pas eu d'autres intentions. « Eh ! que croyez-vous que vous deviendrez après son départ ? — Ce qu'il vous plaira, dit-elle, ma vie est en votre disposition, et je me soumets aveuglément à ce que vous ordonnerez de mon sort.

— Votre docilité me satisfait, reprit la Bête, et puisqu'il est ainsi qu'on ne vous a point amenée par force, vous resterez avec moi. Quant à toi, bonhomme, dit-elle au marchand, tu partiras demain au lever du soleil, la cloche t'avertira ; ne tarde pas après ton déjeuner ; le même cheval te conduira chez toi. Mais, ajouta-t-elle, quand tu seras au milieu de ta famille, ne songe pas à revoir mon palais, et souviens-toi qu'il t'est interdit pour toujours. Vous, la Belle, continua le monstre, en s'adressant à elle, conduisez votre père dans la garde-robe prochaine, choisissez-y tout ce que l'un et l'autre croirez pouvoir faire plaisir à vos frères et à vos sœurs. Vous trouverez deux malles : emplissez-les. Il est juste que vous leur envoyiez quelque chose d'un assez grand prix pour les obliger à se souvenir de vous. »

Malgré la libéralité du monstre, le prochain départ du père touchait sensiblement la Belle et lui causait un chagrin extrême ; cependant, elle se mit en devoir d'obéir à la Bête, qui les quitta après leur avoir dit, comme elle l'avait fait en entrant : « Bonsoir, la Belle, bonsoir, bonhomme. »

Lorsqu'ils furent seuls, le bonhomme, en embrassant sa fille, ne cessa de pleurer. L'idée qu'il allait la laisser avec le monstre était pour lui le plus cruel des supplices. Il se repentait de l'avoir conduite en ce lieu ; les portes étaient ouvertes, il eût voulu la ramener ; mais la Belle lui fit connaître les dangers et les suites du dessein qu'il prenait.

Ils entrèrent dans la garde-robe qui leur était indiquée. Ils furent surpris des richesses qu'ils y trouvèrent. Elle était remplie d'ajustements si superbes qu'une reine n'eût pu souhaiter rien de plus beau ni d'un meilleur goût. Jamais boutique ne fut mieux assortie.

Lorsque la Belle eut choisi les parures qu'elle crut les plus convenables, non à la situation présente de sa famille, mais proportionnées aux richesses et à la libéralité de la Bête qui lui faisait ces dons, elle ouvrit une armoire dont la porte était de cristal de roche montée en or. À l'aspect d'un si magnifique dehors, quoiqu'elle dût s'attendre à trouver un trésor rare et précieux, elle vit un amas de pierreries de toute espèce dont à peine ses yeux purent supporter l'éclat. La Belle, par un esprit de soumission, en prit sans ménagement une quantité prodigieuse, qu'elle assortit des mieux à chacun des lots qu'elle avait faits.

· À l'ouverture de la dernière armoire, qui n'était autre chose qu'un cabinet rempli de pièces d'or, elle changea de dessein. «Je pense, dit-elle à son père, qu'il serait plus à propos de vider ces malles et de les remplir d'espèces, vous en donnerez à vos enfants ce qu'il vous plaira. Par ce moyen, vous ne serez pas obligé d'avoir personne dans votre secret, et vos richesses seront à vous sans danger. L'avantage que vous tireriez des pierreries, quoique le prix en soit beaucoup plus considérable, ne pourrait jamais vous être si commode. Pour en jouir, vous seriez forcé de les vendre, et de les confier à des personnes qui ne jetteraient sur vous que des yeux d'envie. Votre confiance même vous deviendrait peut-être fatale ; et des pièces d'or monnayé vous mettront, continua-t-elle, à l'abri de tout fâcheux événement, en vous donnant la facilité d'acquérir des terres, des maisons, et d'acheter des meubles précieux, des bijoux et des pierreries. »

Le père approuva sa pensée. Mais voulant porter à ses filles des parures et des ajustements, pour faire place à l'or qu'il voulait prendre, il ôta des malles ce qu'il avait choisi pour son usage. La grande quantité d'espèces qu'il y mit ne les remplissait point. Elles étaient composées de plis, qui se relâchaient à mesure. Il trouva de la place pour les bijoux qu'il avait ôtés, et ces malles enfin contenaient plus qu'il ne voulait.

« Tant d'espèces, disait-il à sa fille, me mettront en état de vendre mes pierreries à ma commodité. Suivant ton conseil, je cacherai mes richesses à tout le monde, et même à mes enfants. S'ils me savaient aussi riche que je le vais être, ils me tourmenteraient pour abandonner la vie champêtre, qui cependant est la seule où j'ai trouvé de la douceur, et où je n'ai pas éprouvé la perfidie des faux amis dont le monde est rempli. » Mais les malles étaient d'une si grande pesanteur qu'un éléphant eût succombé sous le poids, et l'espoir dont il venait de se repaître lui parut comme un songe et rien de plus. « La Bête s'est moquée de nous, dit-il, elle a feint de me donner des biens qu'elle me met dans l'impossibilité d'emporter.

— Suspendez votre jugement, répondit la Belle, vous n'avez point provoqué sa libéralité par aucune demande indiscrète, ni par aucun regard avide et intéressé. La raillerie serait fade. Je pense, puisque le monstre vous a prévenu, qu'il trouvera bien le moyen de vous en faire jouir. Nous n'avons qu'à fermer les malles, et les laisser ici. Apparemment qu'il sait par quelle voiture vous les envoyer. »

On ne pouvait penser plus prudemment. Le bonhomme, se conformant à cet avis, rentra dans le salon avec sa fille. Assis l'un et l'autre sur un sofa, ils virent dans un instant le déjeuner servi. Le père mangea de meilleur appétit qu'il n'avait fait le soir précédent. Ce qui venait de se passer diminuait son désespoir et faisait renaître sa confiance. Il serait parti sans chagrin si la Bête n'eût point eu la cruauté de lui faire entendre qu'il ne songeât plus à revoir son palais et qu'il fallait qu'il dît à sa fille un éternel adieu. On ne connaît de mal sans remède que celui de la mort. Le bonhomme ne fut point absolument frappé de cet arrêt. Il se flattait qu'il ne serait pas irrévocable, et cette espérance le fit partir assez content de son hôte.

La Belle n'était pas si satisfaite. Peu persuadée qu'un heureux avenir lui fût préparé, elle appréhendait que les riches présents dont le monstre comblait sa famille ne fussent le prix de sa vie et qu'il ne la dévorât aussitôt qu'il serait seul avec elle : du moins elle craignait qu'une éternelle prison ne lui fût destinée et qu'elle n'eût pour unique compagnie qu'une épouvantable Bête.

Cette réflexion la plongea dans une profonde rêverie ; mais un second coup de cloche les avertit qu'il était temps de se séparer. Ils descendirent dans la cour, où le père trouva deux chevaux, l'un chargé des deux malles, et l'autre uniquement destiné pour lui. Ce dernier, couvert d'un bon manteau, et la selle garnie de deux bourses remplies de rafraîchissements, était le même qu'il avait déjà monté. De si grandes attentions, de la part de la Bête, allaient encore fournir matière à la conversation ; mais les chevaux hennissant et grattant du pied firent connaître qu'il était temps de se séparer.

Le marchand, de peur d'irriter la Bête par son retardement, fit à sa fille un éternel adieu. Les deux chevaux partirent plus vite que le vent, et cette Belle dans un instant les perdit de vue. Elle remonta toute en pleurs dans la chambre qui devait être la sienne, où pendant quelques moments elle fit les plus tristes réflexions.

Cependant, le sommeil l'accablant, elle voulut chercher un repos que depuis plus d'un mois elle avait perdu. N'ayant rien de mieux à faire, elle allait se coucher lorsqu'elle aperçut sur sa table de nuit une prise de chocolat préparée. Elle la prit toute endormie, et ses yeux s'étant presque aussitôt fermés, elle tomba dans un sommeil tranquille, que depuis le moment qu'elle avait reçu la rose fatale, elle avait entièrement inconnu.

Pendant son sommeil, elle rêva qu'elle était au bord d'un canal à perte de vue, dont les deux côtés étaient ornés de deux rangs d'orangers, et des myrtes fleuris d'une hauteur prodigieuse, où toute occupée de sa triste situation, elle déplorait l'infortune qui la condamnait à passer ses jours en ce lieu, sans espoir d'en sortir.

Un jeune homme beau, comme on dépeint l'Amour, d'une voix qui lui portait au cœur lui dit : « Ne crois pas, la Belle, être si malheureuse que tu le parais. C'est dans ces lieux que tu dois recevoir la récompense qu'on t'a refusée injustement partout ailleurs. Fais agir ta pénétration pour me démêler des apparences qui me déguisent. Juge, en me voyant, si ma compagnie est méprisable, et ne doit pas être préférée à celle d'une famille indigne de toi. Souhaite ; tous tes désirs seront remplis. Je t'aime tendrement ; seule, tu peux faire mon bonheur en faisant le tien. Ne te démens jamais. Étant par les qualités de ton âme autant au-dessus des autres femmes, que tu leur es supérieure en beauté, nous serons parfaitement heureux. »

Ensuite, ce fantôme si charmant lui parut à ses genoux joindre aux plus flatteuses promesses les discours les plus tendres. Il la pressait dans les termes les plus vifs de consentir à son bonheur, et l'assurait qu'elle en était entièrement la maîtresse.

« Que puis-je faire ? lui dit-elle avec empressement. — Suis les seuls mouvements de la reconnaissance, répondit-il, ne consulte point tes yeux, et surtout ne m'abandonne pas, et me tire de l'affreuse peine que j'endure. »

Après ce premier rêve, elle crut être dans un cabinet magnifique avec une Dame dont l'air majestueux et la beauté surprenante firent naître en son cœur un respect profond. Cette Dame d'une façon caressante lui dit : « Charmante Belle, ne regrette point ce que tu viens de quitter. Un sort plus illustre t'attend ; mais si tu veux le mériter, garde-toi de te laisser séduire par les apparences. » Son sommeil dura plus de cinq heures, pendant lesquelles elle vit le jeune homme en cent endroits différents, et de cent différentes façons.

Tantôt il lui donnait une fête galante, tantôt il lui faisait les protestations les plus tendres. Que son sommeil fut agréable ! Elle eût désiré le prolonger, mais ses yeux ouverts à la lumière, ne purent se refermer, et la Belle crut n'avoir eu que le plaisir d'un songe.

Une pendule qui sonna douze heures en répétant douze fois son nom en musique, l'obligea de se lever. Elle vit d'abord une toilette garnie de tout ce qui peut être nécessaire aux dames. Après s'être parée avec une sorte de plaisir, dont elle ne devinait pas la cause, elle passa dans le salon, où son dîner venait d'être servi.

Quand on mange seul, un repas est bientôt pris. De retour dans sa chambre, elle se jeta sur un sofa ; le jeune homme auquel elle avait rêvé vint se présenter à sa pensée. « Je puis faire ton bonheur, m'at-il dit. Apparemment que l'horrible Bête, qui paraît commander ici, le retient en prison. Comment l'en tirer ? On m'a répété de ne pas m'en rapporter aux apparences. Je n'y comprends rien ; mais que je suis folle ! Je m'amuse à chercher des raisons pour expliquer une illusion, que le sommeil a formée et que le réveil a détruite. Je n'y dois point faire attention. Il ne faut m'occuper que de mon sort présent, et chercher des amusements qui m'empêchent de succomber à l'ennui. »

Quelque temps après, elle se mit à parcourir les nombreux appartements du palais. Elle en fut enchantée, n'ayant jamais rien vu de si beau. Le premier, dans lequel elle entra, fut un grand cabinet de glaces. Elle s'y voyait de toutes parts. D'abord un bracelet, pendant à une girandole, vint lui frapper la vue. Elle y trouva le portrait du beau cavalier, tel qu'elle avait cru le voir en dormant. Comment eût-elle pu le méconnaître ? Ses traits étaient déjà trop fortement gravés dans son esprit, et peut-être dans son cœur. Avec une joie empressée, elle mit ce bracelet à son bras, sans réfléchir si cette action était convenable.

De ce cabinet ayant passé dans une galerie remplie de peintures, elle y retrouva le même portrait de grandeur naturelle, qui semblait la regarder avec une si tendre attention, qu'elle en rougit, comme si cette peinture eût été ce qu'elle représentait, ou qu'elle eût eu des témoins de sa pensée.

Continuant sa promenade, elle se trouva dans une salle remplie de différents instruments. Sachant jouer de presque tous, elle en essaya plusieurs, préférant le clavecin aux autres, parce qu'il accompagnait mieux sa voix. De cette salle elle entra dans une autre galerie que celle des peintures. Elle contenait une bibliothèque immense. Elle aimait à s'instruire, et depuis son séjour à la campagne, elle avait été privée de cette douceur. Son père, par le dérangement de ses affaires, s'était trouvé forcé de vendre ses livres. Son grand goût pour la lecture pouvait aisément se satisfaire dans ce lieu, et la garantir de l'ennui de la solitude. Le jour se passa sans qu'elle pût tout voir. Aux approches de la nuit, tous les appartements furent éclairés de bougies parfumées, mises dans des lustres ou transparents ou de différentes couleurs, et non de cristal, mais de diamants et de rubis.

À l'heure ordinaire, la Belle trouva son souper servi avec la même délicatesse et avec la même propreté. Nulle figure humaine ne se présenta devant elle ; son père l'avait prévenue qu'elle serait seule. Cette solitude commençait à ne lui plus faire de peine, quand la Bête se fit entendre à ses oreilles. Ne s'étant point encore trouvée seule avec elle, ignorant comment cette entrevue allait se passer, craignant même qu'elle ne vînt pour la dévorer, pouvait-elle ne pas trembler ? Mais à l'arrivée de la Bête, qui dans son abord ne montra rien de furieux, ses frayeurs se dissipèrent. Ce monstrueux colosse lui dit grossièrement : « Bonsoir, la Belle », elle lui rendit son salut dans les mêmes termes, avec un air doux, mais un peu tremblante.

Entre les différentes questions que ce monstre lui fit, il lui demanda comment elle s'était amusée. La Belle lui répondit : « J'ai passé la journée à visiter votre palais, mais il est si vaste, que je n'ai pas eu le temps de voir tous les appartements, et les beautés qu'ils contiennent. » La Bête lui demanda : « Croyez-vous pouvoir vous accoutumer ici ? » Cette fille poliment lui répondit que sans peine elle vivrait dans un si beau séjour. Après une heure de conversation sur le même sujet, la Belle, au travers de sa voix épouvantable, distinguait aisément que c'était un ton forcé par les organes, et que la Bête penchait plus vers la stupidité que vers la fureur. Elle lui demanda sans détour si elle voulait la laisser coucher avec elle. À cette demande imprévue, ses craintes se renouvelèrent, et poussant un cri terrible, elle ne put s'empêcher de dire : « Ah Ciel ! je suis perdue.

— Nullement, reprit tranquillement la Bête. Mais sans vous effrayer répondez comme il faut. Dites précisément oui ou non. » La Belle lui répondit en tremblant : « Non, la Bête. — Eh bien puisque vous ne voulez pas, repartit le monstre docile, je m'en vais. Bonsoir, la Belle. — Bonsoir, la Bête », dit avec une grande satisfaction cette fille effrayée. Extrêmement contente de n'avoir pas de violence à craindre, elle se coucha tranquillement et s'endormit. Aussitôt, son cher Inconnu revint à son esprit. Il parut lui dire tendrement : « Que j'ai de joie de vous revoir, ma chère Belle, mais que votre rigueur me cause de maux ! Je connais qu'il faut m'attendre d'être longtemps malheureux. » Ses idées changèrent d'objet, il lui semblait que ce jeune homme lui présentait une couronne, le sommeil la lui faisait voir de cent façons différentes. Quelquefois, il lui paraissait être à ses pieds, tantôt s'abandonnant à la joie la plus excessive, tantôt répandant un torrent de larmes, dont elle était touchée jusqu'au fond de l'âme. Ce mélange de joie et de tristesse dura toute la nuit. À son réveil, ayant l'imagination frappée de ce cher objet, elle chercha son portrait pour le confronter encore et pour voir si elle ne s'était point trompée. Elle courut à la galerie des peintures, où elle le reconnut encore mieux. Qu'elle fut de temps à l'admirer ! Mais ayant honte de sa faiblesse, elle se contenta de regarder celui qu'elle avait au bras.

Cependant, pour mettre fin à ses tendres réflexions, elle descendit dans les jardins, le beau temps l'invitait à la promenade, ses yeux furent enchantés, ils n'avaient jamais rien vu de si beau dans la nature. Les bosquets étaient ornés de statues admirables et de jets d'eau sans nombre, qui rafraîchissaient l'air, et dont l'extrême hauteur les faisait presque perdre de vue.

Ce qui la surprit le plus, c'est qu'elle y reconnut les lieux, où dans son sommeil, elle avait rêvé voir l'Inconnu. Surtout à la vue du grand canal bordé d'orangers et de myrtes, elle ne sut que penser de ce songe qui ne lui paraissait plus une fiction. Elle crut en trouver l'explication en s'imaginant que la Bête retenait quelqu'un dans son palais. Elle résolut de s'en éclaircir dès le soir même, et de le demander au monstre dont elle s'attendait d'avoir une visite à l'heure ordinaire. Autant que ses forces le lui permirent, elle se promena le reste du jour, sans pouvoir encore tout considérer.

Les appartements qu'elle n'avait pu voir la veille ne méritaient pas moins ses regards que les autres. Outre les instruments et les curiosités dont elle était environnée, elle trouva dans un autre cabinet de quoi s'occuper. Il était garni de bourses, de navettes pour faire des nœuds, de ciseaux à découper, d'ateliers montés pour toute sorte d'ouvrages, tout enfin s'y trouvait. Une porte de ce charmant cabinet lui fit voir une superbe galerie, d'où l'on découvrait le plus beau pays du monde.

Dans cette galerie, on avait eu soin de placer une volière remplie d'oiseaux rares, qui tous à l'arrivée de la Belle formèrent un concert admirable. Ils vinrent aussi se placer sur ses épaules, et c'était entre ces tendres animaux à qui l'approcherait de plus près. «Aimables prisonniers, leur dit-elle, je vous trouve charmants, et je suis mortifiée que vous soyez si loin de mon appartement, j'aurais souvent le plaisir de vous entendre. »

Quelle fut sa surprise quand, en disant ces mots, elle ouvrit une porte et qu'elle se trouva dans sa chambre, qu'elle croyait éloignée de cette belle galerie, dans laquelle elle n'était arrivée qu'en tournant, et par une enfilade d'appartements qui composaient ce pavillon ! Le châssis qui l'avait empêchée de s'apercevoir du voisinage des oiseaux s'ouvrait et était très commode pour en empêcher le bruit, quand on n'avait pas envie de les entendre.

La Belle continuant sa route aperçut une autre troupe emplumée, c'était des perroquets de toutes les espèces et de toutes les couleurs. Tous en sa présence se mirent à caqueter. L'un lui disait bonjour ; l'autre lui demandait à déjeuner, un troisième, plus galant, la priait de le baiser. Plusieurs chantaient des airs d'opéra, d'autres déclamaient des vers composés par les meilleurs auteurs, et tous s'offraient à l'amuser. Ils étaient aussi doux, aussi caressants que les habitants de la volière. Leur présence lui fit un vrai plaisir. Elle fut fort aise de trouver à qui parler. Car le silence pour elle n'était pas un bonheur. Elle en interrogea plusieurs, qui lui répondirent en bêtes fort spirituelles. Elle en choisit un qui lui plut davantage. Les autres, jaloux de cette préférence, se plaignirent douloureusement. Elle les apaisa par quelques caresses, et par la permission qu'elle leur donna de venir la voir quand ils voudraient.

Peu loin de cet endroit, elle vit une nombreuse troupe de singes de toutes les tailles, des gros, des petits, des sapajous, des singes à faces humaines, d'autres à barbe bleue, verte, noire ou aurore.

Ils vinrent au-devant d'elle à l'entrée de leur appartement, où le hasard l'avait conduite. Ils lui firent des révérences accompagnées de cabrioles sans nombre et lui témoignèrent par leurs gestes combien ils étaient sensibles à l'honneur qu'elle leur faisait. Pour en célébrer la fête, ils dansèrent sur la corde. Ils voltigèrent avec une adresse et une légèreté sans exemple. La Belle était fort satisfaite des singes, mais elle n'était pas contente de ne rien trouver, qui lui donnât des nouvelles du bel Inconnu. Perdant l'espoir d'en avoir, regardant son rêve comme une chimère, elle faisait ce qu'elle pouvait pour l'oublier, et ses efforts étaient vains. Elle flatta les singes, et dit en les caressant qu'elle souhaiterait en avoir quelques-uns qui la voulussent suivre pour lui tenir compagnie.

À l'instant, deux grandes guenons vêtues en habit de cour, qui semblaient n'attendre que ses ordres, se vinrent gravement placer à ses côtés. Deux petits singes éveillés prirent sa robe, et lui servirent de pages. Un magot plaisant, mis en seignor Escudero[1], lui présenta la patte proprement gantée ; accompagnée de ce singulier cortège, la Belle alla prendre son repas. Tant qu'il dura, les oiseaux sifflèrent comme des instruments et accompagnèrent avec justesse la voix des perroquets, qui chantèrent les airs les plus beaux, et les plus à la mode...

Pendant ce concert, les singes qui s'étaient donné le droit de servir la Belle, ayant dans un instant réglé leurs rangs et leurs charges, en commencèrent les fonctions, et la servirent en cérémonie, avec l'adresse et le respect dont les reines sont servies par leurs officiers.

Au sortir de table, une autre troupe voulut la réga-

---

1. Mis à la façon d'un écuyer espagnol (l'expression *señor escudero* est utilisée par Lesage dans *Gil Blas*).

ler d'un spectacle nouveau. C'étaient des espèces de comédiens qui jouèrent une tragédie de la façon la plus rare. Ces seignors singes et seignoras guenons en habits de théâtre couverts de broderie, de perles et de diamants, faisaient des gestes convenables aux paroles de leurs rôles, que les perroquets prononçaient fort distinctement et fort à propos, en sorte qu'il fallait être sûr que ces oiseaux fussent cachés sous la perruque des uns et sous la mante des autres, pour s'apercevoir que ces comédiens de nouvelle fabrique ne parlaient pas de leur cru. La pièce semblait être faite exprès pour les acteurs, et la Belle en fut enchantée. À la fin de cette tragédie, un d'entre eux vint faire à la Belle un très beau compliment, et la remercia de l'indulgence avec laquelle elle les avait entendus. Il ne resta de singes que ceux de sa maison, et destinés à l'amuser.

Après son souper, la Bête vint, comme à l'ordinaire, lui faire visite, et après les mêmes questions, et les mêmes réponses, la conversation finit par un « bonsoir, la Belle ». Les guenons, dames d'atours, déshabillèrent leur maîtresse, la mirent au lit et eurent l'attention d'ouvrir la fenêtre de la volière pour que les oiseaux, par un chant moins éclatant que celui du jour, provoquassent le sommeil, et assoupissant les sens, lui donnassent le plaisir de revoir son aimable amant.

Plusieurs jours se passèrent sans qu'elle s'ennuyât. Chaque moment était marqué par de nouveaux plaisirs. Les singes en trois ou quatre leçons eurent l'industrie de dresser chacun un perroquet, qui, lui servant d'interprète, répondait à la Belle, avec autant de promptitude et de justesse, que les singes en avaient à leurs gestes. Enfin, la Belle ne trouvait de fâcheux que d'être obligée de soutenir tous les soirs la présence de la Bête, dont les visites étaient courtes. Et c'était sans doute par son moyen qu'elle avait tous les plaisirs imaginables.

La douceur de ce monstre inspirait quelquefois à la Belle le dessein de lui demander quelque éclaircissement au sujet de celui qu'elle voyait en songe. Mais suffisamment informée qu'il était amoureux d'elle, et craignant par cette demande de lui causer de la jalousie, elle se tut par prudence, et n'osa satisfaire sa curiosité.

À plusieurs reprises, elle avait visité tous les appartements de ce palais enchanté ; mais on revoit volontiers des choses rares, curieuses et riches. La Belle porta ses pas dans un grand salon, qu'elle n'avait vu qu'une fois. Cette pièce était percée de quatre fenêtres de chaque côté : deux étaient seulement ouvertes et n'y donnaient qu'un jour sombre. La Belle voulut lui donner plus de clarté. Mais au lieu du jour qu'elle croyait y faire entrer, elle ne trouva qu'une ouverture, qui donnait sur un endroit fermé. Ce lieu, quoique spacieux lui parut obscur, et ses yeux ne purent apercevoir qu'une lueur éloignée, qui ne semblait venir à elle qu'au travers d'un crêpe extrêmement épais. En rêvant à quoi ce lieu pouvait être destiné, une vive clarté vint tout d'un coup l'éblouir. On leva la toile, et la Belle découvrit un théâtre des mieux illuminé. Sur les gradins et dans les loges, elle vit tout ce que l'on peut voir de mieux fait et de plus beau dans l'un et l'autre sexe.

À l'instant, une douce symphonie, qui commença de se faire entendre, ne cessa que pour donner à d'autres acteurs, que des comédiens singes et perroquets, la liberté de représenter une très belle tragédie, suivie d'une petite pièce, qui dans son genre, égalait la première. La Belle aimait les spectacles.

C'était le seul plaisir qu'en quittant la ville elle eut regretté. Curieuse de voir de quelle étoffe était le tapis de la loge voisine de la sienne, elle en fut empêchée par une glace qui les séparait, ce qui lui fit connaître que ce qu'elle avait cru réel n'était qu'un artifice, qui par le moyen de ce cristal réfléchissait les objets et les lui renvoyait de dessus le théâtre de la plus belle ville du monde. C'est le chef d'œuvre de l'optique de faire réverbérer de si loin.

Après la comédie, elle demeura quelque temps dans sa loge pour voir sortir le beau monde. L'obscurité qui se répandit dans ce lieu l'obligea de porter ailleurs ses réflexions. Contente de cette découverte, dont elle se promettait de faire un usage fréquent, elle descendit dans les jardins. Les prodiges commençaient à lui devenir familiers, elle sentait avec plaisir qu'il ne s'en faisait qu'à son avantage et pour lui procurer de l'agrément.

Après souper, la Bête, à son ordinaire, vint lui demander ce qu'elle avait fait dans la journée. La Belle lui rendit un compte exact de tous ses amusements, en lui disant qu'elle avait été à la comédie. «Est-ce que vous l'aimez? lui dit le lourd animal. Souhaitez tout ce qu'il vous plaira, vous l'aurez : vous êtes bien jolie.» La Belle sourit intérieurement de cette façon grossière de lui faire des honnêtetés ; mais ce qui ne la fit point rire, ce fut la question ordinaire : et le «Voulez-vous que je couche avec vous», fit cesser sa bonne humeur. Elle fut quitte pour répondre non ; cependant, sa docilité dans cette dernière entrevue ne la rassura point. La Belle en fut alarmée. «Qu'est-ce que tout ceci deviendra ? disait-elle en elle-même. La demande qu'il me fait à chaque fois, si JE VEUX COUCHER AVEC LUI, me prouve qu'il persiste toujours en son amour. Ses bienfaits me le confirment. Mais quoiqu'il ne s'obstine pas dans ses demandes, et qu'il ne témoigne aucun ressentiment de mes refus, qui me répondra qu'il ne s'impatientera pas, et que ma mort n'en sera point le prix ? »

Ces réflexions la rendirent si rêveuse qu'il était presque jour quand elle se mit au lit. Son Inconnu, qui n'attendait que ce moment pour paraître, lui fit de tendres reproches de son retardement. Il la trouva triste, rêveuse, et lui demanda ce qui pouvait lui déplaire en ce lieu. Elle lui répondit que rien ne lui déplaisait que le monstre, elle le voyait tous les soirs. Elle s'y serait accoutumée, mais il était amoureux d'elle, et cet amour lui faisait appréhender quelque violence. « Par le sot compliment qu'il me fait, je juge qu'il voudra que je l'épouse ; me conseilleriez-vous, dit la Belle à son Inconnu, de le satisfaire ? Hélas ! quand il serait aussi charmant qu'il est affreux, vous avez rendu l'entrée de mon cœur inaccessible pour lui comme pour tout autre, et je ne rougis point d'avouer que je ne puis aimer que vous. » Un aveu si charmant ne fit que le flatter : il n'y répondit qu'en disant, « aime qui t'aime, ne te laisse point surprendre aux apparences, et tire-moi de prison ». Ce discours répété continuellement sans aucune autre explication mit la Belle dans une peine infinie. « Comment voulez-vous que je fasse ? lui dit-elle, je voudrais à quelque prix que ce fût vous rendre la liberté ; mais cette bonne volonté m'est inutile, tant que vous ne me fournirez pas les moyens de la mettre en pratique. »

L'Inconnu lui répondit, mais ce fut d'une façon si confuse, qu'elle n'y comprenait rien. Il lui passait mille extravagances devant les yeux. Elle voyait le monstre sur un trône tout brillant de pierreries, qui l'appelait et l'invitait de se mettre à ses côtés. Un moment après, l'Inconnu l'en faisait précipitamment descendre et se mettait en sa place. La Bête reprenant l'avantage, l'Inconnu disparaissait à son tour. On lui parlait au travers d'un voile noir, qui lui changeait la voix et la rendait effroyable.

Tout le temps de son sommeil se passa de la sorte ; et malgré l'agitation qu'il lui causait, elle trouva cependant qu'il finissait trop tôt pour elle, puisque son réveil la privait de l'objet de sa tendresse. Au sortir de sa toilette, différents ouvrages, les livres, les animaux l'occupèrent jusques à l'heure de la comédie. Il était temps qu'elle s'y rendît. Mais elle n'était plus au même théâtre, c'était celui de l'opéra, qui commença dès qu'elle fut placée. Le spectacle était magnifique, et les spectateurs ne l'étaient pas moins. Les glaces lui représentaient distinctement jusqu'au plus petit habillement du parterre. Ravie de voir des figures humaines, dont plusieurs étaient de sa connaissance, ç'eût été pour elle un grand plaisir de leur parler et de s'en faire entendre.

Plus satisfaite de cette journée que de la précédente, le reste fut semblable à ce qui s'était passé depuis qu'elle était dans ce palais. La Bête vint le soir ; après sa visite, elle se retira comme à l'ordinaire. La nuit fut pareille aux autres, je veux dire remplie de songes agréables. À son réveil, elle trouva le même nombre de domestiques pour la servir. Après son dîner, ses occupations furent différentes.

Le jour précédent, en ouvrant une autre fenêtre, elle s'était trouvée à l'opéra ; pour diversifier ses amusements, elle en ouvrit une troisième qui lui procura les plaisirs de la foire Saint-Germain [1], bien plus brillante

---

1. Cette foire se tenait chaque année de février à Pâques autour de l'abbaye de Saint-Germain. Elle n'était pas seulement commerciale, elle devait aussi sa célébrité à des spectacles forains rivalisant avec le théâtre officiel.

alors qu'elle ne l'est aujourd'hui. Mais comme ce n'était pas l'heure où la bonne compagnie se présentait, elle eut le temps de tout voir et de tout examiner. Elle y vit les curiosités les plus rares, les productions extraordinaires de la nature, les ouvrages de l'art ; les plus petites bagatelles lui tombèrent sous les yeux. Les marionnettes mêmes ne furent pas, en attendant mieux, un amusement indigne d'elle. L'Opéra-Comique était dans sa splendeur. La Belle en fut très contente.

Au sortir de ce spectacle, elle vit toutes les personnes du bon air se promener dans les boutiques des marchands. Elle y reconnut des joueurs de profession, qui se rendaient en ce lieu, comme à leur atelier. Elle en remarqua qui, perdant leur argent par le savoir-faire de ceux contre lesquels ils jouaient, sortaient avec des contenances moins joyeuses que celles qu'ils avaient en y entrant. Les joueurs prudents, qui ne mettent point leur fortune au hasard du jeu, et qui jouent pour faire profiter leur talent, ne purent cacher à la Belle leurs tours d'adresse. Elle eût voulu avertir les parties souffrantes du tort qu'on leur faisait, mais éloignée d'eux de plus de mille lieues, elle ne le pouvait pas. Elle entendait et remarquait tout très distinctement, sans qu'il lui fût possible de leur faire entendre sa voix, ni même d'en être aperçue. Les reflets qui portaient jusqu'à elle ce qu'elle voyait et ce qu'elle entendait, n'étaient pas assez parfaits pour rétrograder de même. Elle était placée au-dessus de l'air et du vent, tout arrivait jusqu'à elle en pensant. Elle y fit réflexion ; c'est ce qui l'empêcha de faire des tentatives inutiles.

Il était plus de minuit avant qu'elle eût pensé qu'il était temps de se retirer. Le besoin de manger eût pu l'instruire de l'heure. Mais elle avait trouvé dans sa loge des liqueurs et des corbeilles remplies de tout ce qu'il fallait pour une collation. Son souper fut léger et court. Elle se pressa de se coucher. La Bête s'aperçut de son impatience et vint simplement lui souhaiter le bonsoir, pour lui laisser le temps de dormir, et à l'Inconnu la liberté de reparaître. Les jours suivants furent semblables. Elle avait en ses fenêtres des sources intarissables de nouveaux amusements. Les trois autres lui donnaient l'une le plaisir de la Comédie-Italienne, l'autre celui de la vue des Tuileries, où se rendent tout ce que l'Europe a de personnes plus distinguées et des mieux faites dans les deux sexes. La dernière fenêtre n'était pas la moins agréable : elle lui fournissait un moyen sûr pour apprendre tout ce qui se faisait dans le monde. La scène était amusante et diversifiée de toutes sortes de façons. C'était quelquefois une fameuse ambassade qu'elle voyait, un mariage illustre, ou quelques révolutions intéressantes. Elle était à cette fenêtre dans le temps de la dernière révolte des janissaires[1]. Elle en fut témoin jusques à la fin.

À quelque heure qu'elle y fût, elle était certaine d'y trouver une occupation agréable. L'ennui, qu'elle avait ressenti les premiers jours en attendant la Bête, était entièrement dissipé. Ses yeux s'étaient accoutumés à la voir laide. Elle était faite à ses sottes questions, et si la conversation eût été plus longue, peut-être l'aurait-elle vue avec plus de plaisir. Mais quatre ou cinq phrases, toujours les mêmes, dites grossièrement, qui ne fournissent que des oui et des non, n'étaient pas de son goût.

---

1. Depuis le XVIIᵉ siècle, les révoltes des janissaires étaient nombreuses. Elles faisaient et défaisaient les règnes des sultans.

Comme tout semblait s'empresser à prévenir les désirs de la Belle, elle prenait plus de soin de s'ajuster, quoiqu'elle fût certaine que personne ne la dût voir. Mais elle se devait cette complaisance à elle-même, et c'était pour elle un plaisir de se revêtir des divers ajustements de toutes les nations de la terre, d'autant plus aisément que sa garde-robe lui fournissait tout ce qu'elle pouvait désirer, et lui présentait tous les jours quelque chose de nouveau. Sous ses diverses parures, son miroir l'avertissait qu'elle était au goût de toutes les nations, et ses animaux, chacun selon leurs talents, le lui répétaient sans cesse, les singes par leurs gestes, les perroquets par leurs discours, et les oiseaux par leurs chants.

Une vie si délicieuse devait combler ses vœux. Mais on se lasse de tout, le plus grand bonheur devient fade quand il est continuel, qu'il roule toujours sur la même chose, et qu'on se trouve exempt de crainte et d'espérance. La Belle en fit l'épreuve. Le souvenir de sa famille vint la troubler au milieu de sa prospérité. Son bonheur ne pouvait être parfait, tant qu'elle n'aurait pas la douceur d'en instruire ses parents.

Comme elle était devenue plus familière avec la Bête, soit par l'habitude de la voir, soit par la douceur qu'elle trouvait dans son caractère, elle crut pouvoir lui demander une chose, elle ne prit cette liberté qu'après avoir obtenu d'elle qu'elle ne se mettrait point en colère. La question qu'elle lui fit fut, s'ils étaient tous deux seuls dans ce château. « Oui, je vous le proteste, répondit le monstre avec une sorte de vivacité, et je vous assure que vous et moi, les singes et les autres bêtes, sont les seuls êtres respirants qui soient en ce lieu. »

La Bête n'en dit pas davantage et sortit plus brusquement qu'à l'ordinaire.

La Belle n'avait fait cette demande que pour essayer à s'instruire si son amant n'était point dans ce palais. Elle eût souhaité de le voir et de l'entretenir ; c'était un bonheur qu'elle eût acheté du prix de sa liberté, et même de tous les agréments qui l'environnaient. Ce charmant jeune homme n'existant plus que dans son imagination, elle regardait ce palais comme une prison, qui deviendrait son tombeau.

Ces tristes idées vinrent encore l'accabler la nuit. Elle crut être au bord d'un grand canal. Elle s'affligeait quand son cher Inconnu, tout alarmé de son état triste, lui dit en pressant tendrement ses mains dans les siennes : « Qu'avez-vous, ma chère Belle, qui puisse vous déplaire, et qui soit capable d'altérer votre tranquillité ? Au nom de l'amour que j'ai pour vous, daignez vous expliquer. Rien ne vous sera refusé. Vous êtes ici l'unique Souveraine, tout est soumis à vos ordres. D'où vient l'ennui qui vous accable ? serait-ce la vue de la Bête qui vous chagrine ? il faut vous en délivrer. » À ces mots, la Belle crut voir l'Inconnu tirer un poignard et se mettre en état d'égorger le monstre qui ne faisait aucun effort pour se défendre, qui même s'offrait à ses coups avec une soumission et une docilité qui fit appréhender à la Belle dormeuse que l'Inconnu n'exécutât son dessein avant qu'elle y pût mettre obstacle, quoiqu'elle se fût levée pour courir à son secours aussitôt qu'elle avait connu son intention. Pour avancer les effets de sa protection, elle s'écriait de toute sa force : « Arrête, barbare, n'offense pas mon bienfaiteur, ou me donne la mort. » Le jeune homme, qui s'obstinait à frapper la bête malgré les cris de la Belle, lui dit en courroux : «Vous ne m'aimez donc plus, puisque vous prenez le parti de ce monstre, qui s'oppose à mon bonheur.

— Vous êtes un ingrat, reprit-elle en le retenant toujours, je vous aime plus que la vie, et je la perdrais plutôt que de cesser de vous aimer. Vous me tenez lieu de tout, et je ne vous fais pas l'injustice de vous mettre en parallèle avec aucun de tous les biens du monde. Sans peine j'y renoncerais pour vous suivre dans les déserts les plus sauvages. Mais ces tendres sentiments ne peuvent rien sur ma reconnaissance. Je dois tout à la Bête : elle prévient mes désirs : c'est elle qui m'a procuré le bien de vous connaître, et je me soumets à la mort plutôt que d'endurer que vous lui fassiez le moindre outrage.»

Après de pareils combats, les objets disparurent et la Belle crut voir la Dame qu'elle avait déjà vue quelques nuits avant, et qui lui disait : «Courage, la Belle; sois le modèle des femmes généreuses; fais-toi connaître aussi sage que charmante, ne balance point à sacrifier ton inclination à ton devoir. Tu prends le vrai chemin du bonheur. Tu seras heureuse pourvu que tu ne t'en rapportes pas à des apparences trompeuses.»

Quand la Belle fut éveillée, elle fit attention à ce songe, qui commençait à lui paraître mystérieux. Mais il était encore une énigme pour elle. Le désir de revoir son père l'emportait pendant le jour sur les inquiétudes que lui causaient en dormant le monstre et l'Inconnu. Ainsi, ni tranquille la nuit, ni contente le jour, quoiqu'au milieu de la plus grande opulence, elle n'avait pour calmer ses ennuis que le plaisir des spectacles. Elle fut à la Comédie-Italienne, d'où, dès la première scène, elle sortit pour aller à l'opéra, mais elle en sortit encore avec la même promptitude.

Son ennui la suivait partout, souvent elle ouvrait les six fenêtres plus de six fois chacune sans y trouver un moment de tranquillité. Les nuits qu'elle passait étaient semblables aux jours, sans cesse dans l'agitation, la tristesse prenait violemment et sur ses attraits, et sur sa santé.

Elle avait un grand soin de cacher à la Bête la douleur dont elle était accablée, et le monstre qui l'avait plusieurs fois surprise les yeux en pleurs, sur ce qu'elle lui disait qu'elle n'avait qu'un léger mal de tête, ne poussait pas plus loin sa curiosité. Mais un soir, ses sanglots l'ayant trahie, et ne pouvant plus dissimuler, elle dit à la Bête, qui voulait savoir le sujet de son chagrin, qu'elle avait envie de revoir ses parents.

À cette proposition, la Bête tomba sans avoir la force de se soutenir, et poussant un soupir, ou plutôt faisant un hurlement capable de faire mourir de peur, elle répondit : « Quoi ! la Belle, vous voulez abandonner une malheureuse Bête ! Devais-je croire que vous auriez si peu de reconnaissance ? Que vous manque-t-il pour être heureuse ? Les attentions que j'ai pour vous ne devraient-elles pas me garantir de votre haine ? Injuste que vous êtes, vous me préférez la maison de votre père, et la jalousie de vos sœurs ; vous aimez mieux aller garder les troupeaux, que de jouir ici des douceurs de la vie. Ce n'est point par tendresse pour vos parents, c'est par antipathie contre moi, si vous voulez vous éloigner.

— Non, la Bête, lui répondit la Belle d'un air timide et flatteur, je ne vous hais point, et je serais fâchée de perdre l'espérance de vous revoir ; mais je ne puis vaincre le désir que j'ai d'embrasser ma famille. Permettez-moi de m'absenter pendant deux mois, et je vous promets de revenir avec joie passer le reste de ma vie auprès de vous, et de ne vous jamais demander d'autre permission. »

Pendant ce discours, la Bête, couchée par terre et la tête étendue, ne faisait connaître qu'elle respirait encore que par ses douloureux soupirs ; elle répondit en ces termes à la Belle : « Je ne puis rien vous refuser ; mais il m'en coûtera peut-être la vie : n'importe. Dans le cabinet le plus proche de votre chambre, vous trouverez quatre caisses : emplissez-les de tout ce qu'il vous plaira, soit pour vous, soit pour vos parents. Si vous me manquez de parole, vous vous en repentirez, et vous serez fâchée de la mort de votre pauvre Bête, quand il n'en sera plus temps. Revenez au bout de deux mois, vous me trouverez en vie. Pour votre retour, vous n'aurez point besoin d'équipage : prenez seulement congé de votre famille le soir, avant de vous retirer, et quand vous serez dans le lit, tournez votre bague la pierre en dedans, et dites d'un ton ferme, "JE VEUX RETOURNER EN MON PALAIS REVOIR MA BÊTE." Bonsoir, ne vous inquiétez de rien, dormez tranquillement, vous verrez votre père de bonne heure : adieu, la Belle. »

Dès qu'elle se vit seule, elle se dépêcha d'emplir ses caisses de toutes les galanteries et les richesses imaginables. Elles ne se trouvèrent pleines que quand elle fut lasse d'y mettre. Après tous ses préparatifs, elle se mit au lit. L'espérance de revoir incessamment sa famille la tint éveillée tout le temps qu'elle eût dû dormir, et le sommeil ne la gagna qu'à l'heure qu'il eût fallu qu'elle se fût levée. Elle vit en dormant son aimable Inconnu, mais ce n'était plus le même, étendu sur un lit de gazon, il lui parut pénétré de la plus vive douleur.

La Belle, touchée de le voir en cet état, se flatta de le tirer de cette profonde mélancolie, en lui demandant le sujet de son chagrin. Mais son amant, en la regardant d'un air plein de langueur, lui dit : « Pouvez-vous, inhumaine, me faire cette question ? L'ignorez-vous puisque vous partez, et que ce départ est l'arrêt de ma mort ?

— Ne vous abandonnez pas à la douleur, cher Inconnu, mon absence, lui répondit-elle, sera courte, je ne veux que désabuser ma famille du cruel destin qu'elle pense que j'ai subi, je reviens aussitôt dans ce palais. Je ne vous quitterai plus. Eh ! comment abandonnerais-je un séjour qui me plaît tant ? De plus, j'ai donné ma parole à la Bête de revenir, je n'y puis manquer. Mais pourquoi faut-il que ce voyage nous sépare ? Soyez mon conducteur. Je remettrai mon voyage à demain, pour en avoir la permission de la Bête. Je suis sûre qu'elle ne me refusera pas. Acceptez ma proposition : nous ne nous quitterons point, nous reviendrons ensemble ; ma famille sera ravie de vous voir, et je compte qu'elle aura pour vous tous les égards que vous méritez.

— Je ne puis me rendre à vos désirs, répondit l'amant, à moins que vous ne soyez résolue à ne jamais revenir ici. C'est le seul moyen qui m'en puisse faire sortir. Voyez ce que vous voulez faire. La puissance des habitants de ces lieux n'est pas assez grande pour vous forcer à revenir. Il ne peut rien vous arriver sinon de chagriner la Bête.

— Vous ne songez pas, reprit la Belle avec vivacité, qu'elle m'a dit qu'elle mourrait si je manquais de parole...

— Que vous importe, répliqua l'amant, sera-ce un malheur si, pour votre satisfaction, il n'en coûte que la vie d'un monstre ? Que sert-il au monde ? Quelqu'un perdrait-il à la destruction d'un être qui ne paraît sur la terre que pour être en horreur à la nature entière?

— Ah! sachez, s'écria la Belle presque en colère, que je donnerais ma vie pour conserver la sienne, et que ce monstre, qui ne l'est que par la figure, a l'humeur si humaine, qu'il ne doit pas être puni d'une difformité à laquelle il ne contribue point. Je ne puis payer ses bontés d'une si noire ingratitude. »

L'Inconnu, l'interrompant, lui demanda ce qu'elle ferait si le monstre essayait à le tuer, et si l'un des deux devait faire périr l'autre, auquel elle accorderait du secours. « Je vous aime uniquement, répondit-elle; mais quoique ma tendresse soit extrême, elle ne saurait affaiblir ma reconnaissance pour la Bête; et si je me trouvais en cette funeste occasion, je préviendrais la douleur que les suites de ce combat me pourraient causer, en me donnant la mort. Mais à quoi bon des suppositions si fâcheuses, quoiqu'elles soient chimériques? Leur idée me glace le sens. Changeons de propos. »

Elle en donna l'exemple en lui disant tout ce qu'une tendre amante peut dire de plus flatteur à son amant. Elle n'était point retenue par la fière bienséance, et le sommeil lui laissant la liberté d'agir naturellement, elle lui découvrait des sentiments qu'elle aurait contraints, en faisant un usage parfait de sa raison. Son sommeil fut long, et quand elle fut éveillée, elle craignait que la Bête ne lui manquât de parole. Elle était dans cette incertitude, quand elle entendit un bruit de voix humaine qu'elle reconnaissait. Ouvrant précipitamment son rideau, elle fut surprise lorsqu'elle se vit dans une chambre qu'elle ne connaissait pas, et dont les meubles n'étaient pas si superbes que ceux du palais de la Bête.

Ce prodige la fit presser de se lever et d'ouvrir la

porte de la chambre. Elle ne se reconnaissait nullement dans ces appartements. Ce qui l'étonna davantage, ce fut d'y trouver les quatre caisses qu'elle avait préparées la veille. Le transport de sa personne et de ses trésors était une preuve de la puissance et des bontés de la Bête ; mais dans quel endroit était-elle ? Elle l'ignorait, quand enfin, entendant la voix de son père, elle fut se jeter à son col. Sa présence étonna ses frères et ses sœurs. Ils la regardèrent comme arrivée d'un autre monde. Tous l'embrassèrent avec des démonstrations de joie les plus grandes, mais ses sœurs au fond du cœur ne la voyaient qu'avec peine. Leur jalousie n'était pas détruite.

Après beaucoup de caresses de part et d'autre, le bonhomme la voulut voir en particulier pour savoir d'elle les circonstances d'un voyage aussi surprenant, et pour l'instruire de l'état de sa fortune, à laquelle elle avait si grande part. Il lui dit que le jour qu'il l'avait laissée au palais de la Bête, il avait été rendu chez lui le même soir sans aucune fatigue ; que pendant sa route, il s'était occupé des moyens de dérober ses malles à la connaissance de ses enfants, souhaitant qu'elles pussent être portées dans un petit cabinet joignant à sa chambre, dont lui seul avait la clef ; qu'il avait regardé ce désir comme impossible ; mais qu'en mettant pied à terre, le cheval qui portait ses malles ayant pris la fuite, il s'était tout d'un coup vu déchargé de l'embarras de cacher ses trésors.

« Je t'avoue, dit ce vieillard à sa fille, que ces richesses, dont je me croyais privé, ne me chagrinèrent point ; je ne les avais pas assez possédées pour les regretter si fort. Mais cette aventure me parut être un cruel pronostic de ta destinée. Je ne doutais pas que la Bête perfide n'en agît de la même façon avec toi, je craignais que ses bienfaits à ton égard ne fussent pas plus durables. Cette idée me causa de l'inquiétude, pour la dissimuler, je feignis d'avoir besoin de repos ; ce n'était que pour m'abandonner sans contrainte à la douleur. Je pensais ta perte certaine. Mais mon affliction ne dura pas. À la vue de mes malles que je croyais perdues, j'augurai bien de ton bonheur, je les trouvai placées dans mon petit cabinet précisément où je les souhaitais ; les clefs, que j'avais oubliées sur la table du salon, où nous avions passé la nuit, se trouvèrent aux serrures. Cette circonstance qui me donnait une nouvelle marque de la bonté de la Bête, toujours attentive, me combla de joie. Ce fut alors, que ne doutant plus que ton aventure n'eût une suite avantageuse, je me reprochai les injustes soupçons que j'avais pris contre la probité de ce généreux monstre, et que je lui demandai cent fois pardon des injures qu'intérieurement ma douleur m'avait forcé de lui dire.

« Sans instruire mes enfants de l'étendue de ma fortune, je me suis contenté de leur donner ce que tu leur envoyais, et de leur faire voir des bijoux pour une somme très médiocre. J'ai feint depuis de les avoir vendus, et d'en avoir employé l'argent à nous procurer une vie plus commode. J'ai acheté cette maison : j'ai des esclaves[1] qui nous dispensent des travaux auxquels la nécessité nous assujettissait. Mes enfants jouissent d'une vie aisée, c'est tout ce que je désirais. L'ostentation et le faste m'ont autrefois attiré des envieux, je m'en attirerais encore, si je faisais la figure d'un riche millionnaire. Plusieurs partis, la Belle, se

1. L'histoire se passe dans « un pays fort éloigné » qui, comme Saint-Domingue, lieu de destination des voyageurs, connaît l'esclavage (La Rochelle, dont Gabrielle de Villeneuve était originaire, était l'un des ports à partir desquels s'effectuait alors la traite).

présentent pour tes sœurs, je les vais incessamment marier, et ton heureuse arrivée m'y porte. Leur ayant donné la part que tu jugeras à propos que je leur fasse des biens que tu m'as procurés, débarrassé du soin de leur établissement, nous vivrons, ma fille, avec tes frères, que tes présents n'ont point été capables de consoler de ta perte, ou, si tu l'aimes mieux, nous vivrons tous deux ensemble. »

La Belle, touchée des bontés de son père, et des témoignages qu'il lui rendait de l'amitié de ses frères, le remercia tendrement de toutes ses offres, et crut devoir ne lui point cacher qu'elle n'était pas venue pour rester chez lui. Le bonhomme, chagrin de n'avoir point sa fille pour appui dans sa vieillesse, n'essaya cependant pas de la détourner d'un devoir qu'il reconnaissait pour être indispensable.

La Belle, à son tour, lui fit le récit de ce qui lui pouvait être arrivé depuis son absence. Elle l'entretint de la vie heureuse qu'elle menait. Le bonhomme, ravi du détail charmant des aventures de sa fille, combla la Bête de bénédictions. Sa joie fut bien plus grande quand la Belle, en ouvrant ses caisses, lui fit voir des richesses immenses, et qu'il eut la liberté de disposer de celles qu'il avait apportées en faveur de ses enfants, ayant assez de ces dernières marques de la générosité de la Bête pour vivre agréablement avec ses fils. Trouvant dans ce monstre une âme trop belle pour être logée dans un si vilain corps, malgré sa laideur, il crut devoir conseiller à sa fille de l'épouser. Il employa même les raisons les plus fortes pour lui faire prendre ce parti.

« Tu ne dois pas, lui dit-il, t'en rapporter aux yeux. On t'exhorte sans cesse de te laisser guider par la reconnaissance. En suivant les mouvements qu'elle t'inspire, on t'assure que tu seras heureuse. Il est vrai que tu ne reçois ces avertissements qu'en songe. Mais ces rêves sont trop suivis et trop fréquents pour ne les attribuer qu'au hasard. Ils te promettent des avantages considérables, c'est assez pour vaincre ta répugnance. Ainsi, lorsque la Bête te demandera si tu veux "qu'elle couche avec toi", je te conseille de ne pas refuser. Tu m'avoues en être tendrement aimée. Prends les mesures convenables pour que ton union soit éternelle. Il est plus avantageux d'avoir un mari d'un caractère aimable que d'en avoir un qui n'ait que la bonne mine pour tout mérite. Combien de filles à qui l'on fait épouser des Bêtes riches, mais plus bêtes que la Bête, qui ne l'est que par la figure, et non par les sentiments et par les actions ? »

La Belle convint de toutes ces raisons. Mais se résoudre à prendre pour époux un monstre horrible par sa figure, et dont l'esprit était aussi matériel que le corps, la chose ne lui paraissait pas possible. « Comment, répondit-elle à son père, me déterminer à choisir un mari avec lequel je ne pourrai m'entretenir, et dont la figure ne sera pas réparée par une conversation amusante ? Nuls objets pour me distraire et me dissiper de ce fâcheux commerce. N'avoir pas la douceur d'en être quelquefois éloignée. Borner tout mon plaisir à cinq ou six questions qui regarderont mon appétit et ma santé : voir finir cet entretien bizarre par un "bonsoir, la Belle", refrain que mes perroquets savent par cœur, et qu'ils répètent cent fois le jour. Il n'est pas en mon pouvoir de faire un pareil établissement, et j'aime mieux mourir tout d'un coup, que de mourir tous les jours de peur, de chagrin, de dégoût et d'ennui. Rien ne parle en sa faveur, sinon l'attention que cette Bête a de me faire une courte visite, et de ne se présenter devant moi que toutes les vingt-quatre heures. Est-ce assez pour inspirer de l'amour ? »

Le père convenait que sa fille avait raison. Mais voyant dans la Bête tant de complaisance, il ne la croyait pas si stupide. L'ordre, l'abondance, le bon goût qui régnaient dans son palais, n'étaient pas, selon lui, l'ouvrage d'un imbécile. Enfin, il la trouvait digne des attentions de sa fille ; et la Belle se fût senti du goût pour ce monstre, mais son amant nocturne y venait mettre obstacle. Le parallèle qu'elle faisait de ces deux amants ne pouvait être avantageux à la Bête. Le vieillard n'ignorait pas lui-même la grande différence qu'on devait mettre entre l'un et l'autre. Cependant, il tâcha par toutes sortes de moyens de vaincre encore sa répugnance. Il la fit souvenir des conseils de la Dame, qui l'avait avertie de ne se pas laisser prévenir par le coup d'œil, et qui dans ses discours avait paru lui faire entendre que ce jeune homme ne pouvait que la rendre malheureuse.

Seconde partie

Il est plus facile de raisonner sur l'amour que de le vaincre. La Belle n'eut pas la force de se rendre aux instances réitérées de son père. Il la quitta sans avoir pu la persuader. La nuit déjà beaucoup avancée, l'invitait à prendre du repos, et cette fille, quoique charmée de le revoir, ne fut pas fâchée qu'il lui laissât la liberté de se coucher. Elle fut ravie de se trouver seule. Ses yeux appesantis lui faisaient espérer qu'elle allait en dormant bientôt revoir son amant chéri. Elle était dans l'impatience de goûter ce doux plaisir. Un tendre empressement marquait la joie que son cœur attendri pouvait ressentir d'un si beau commerce. Mais son imagination frappée, en lui représentant les lieux où d'ordinaire elle avait des entretiens charmants avec ce cher Inconnu, ne fut point assez puissante pour le lui faire voir comme elle l'avait désiré.

Plusieurs fois elle se réveilla, plusieurs fois elle se rendormit, et les amours ne voltigèrent point autour de son lit ; pour tout dire, au lieu d'une nuit pleine de douceur et d'innocents plaisirs, qu'elle avait compté de passer dans les bras du sommeil, cette nuit fut pour elle d'une longueur extrême, et remplie d'inquiétude. Dans le palais de la Bête, elle n'en avait point eu de pareille, et le jour qu'elle vit paraître, avec une sorte de satisfaction et d'impatience, vint à propos la décharger de ses cruels ennuis.

Son père, enrichi des libéralités de la Bête, pour être à portée de procurer des établissements à ses filles, avait quitté le séjour de la campagne. Il demeurait dans une très grande ville, où sa nouvelle fortune venait de lui procurer de nouveaux amis, ou plutôt de nouvelles connaissances. Parmi les personnes qu'il voyait, bientôt le bruit se répandit que la plus jeune de ses filles était de retour. Tout le monde marqua un égal empressement pour la voir, et chacun fut aussi charmé de son esprit que de sa personne.

Les jours tranquilles qu'elle avait passés dans son palais désert, les innocents plaisirs qu'un doux sommeil lui prodiguait sans cesse, mille amusements qui s'étaient succédé pour que l'ennui n'entrât pas dans son cœur, enfin toutes les attentions du monstre avaient contribué à la rendre encore plus belle et plus charmante qu'elle ne l'était quand son père la quitta.

Elle fit l'admiration de ceux qui la virent. Les amants de ses sœurs, sans daigner colorer leur infidélité du moindre prétexte, en devinrent amoureux, et attirés par la force de ses charmes, ils ne rougirent point d'abandonner leurs premières maîtresses. Insensible aux attentions trop marquées d'une foule d'adorateurs, elle ne négligea rien pour les dégoûter, et pour les faire retourner à leurs premiers objets, et malgré tous ces soins, elle ne fut pas à l'abri de la jalousie de ses sœurs.

Ces amants volages, loin de dissimuler leurs flammes nouvelles, tous les jours inventaient quelque fête pour lui faire leur cour. Ils la supplièrent même de donner un prix qui pût animer les jeux qu'ils voulaient faire en son honneur : mais la Belle, qui ne pouvait ignorer le chagrin qu'elle causait à ses sœurs, et qui ne voulait pas entièrement refuser la grâce qu'on lui demandait avec tant d'instance et d'une façon si galante, trouva le moyen de les contenter tous, en déclarant que ses sœurs et elle donneraient successivement les prix dus aux vainqueurs. Ce qu'elle promettait n'était qu'une fleur ou quelque chose de semblable. Elle laissait à ses aînées la gloire de donner à leur tour des bijoux, des couronnes de diamants, de riches armes, ou des bracelets superbes, présents que sa main libérale leur fournissait, et dont elle ne voulait pas se faire honneur. Les trésors que le monstre lui avait prodigués ne lui laissaient manquer de rien. Elle faisait part à ses sœurs de tout ce qu'elle avait apporté de plus rare et de plus galant. Ne donnant rien par elle-même que des bagatelles, et leur laissant le plaisir de beaucoup donner, elle comptait engager cette jeunesse à l'amour autant qu'à la reconnaissance. Mais ces amants en voulaient à son cœur, et ce qu'elle leur donnait leur était plus précieux que tous les trésors que lui prodiguaient les autres.

Les plaisirs qu'elle goûtait au milieu de sa famille, quoique beaucoup inférieurs à ceux dont elle jouissait chez la Bête, l'amusèrent assez pour ne pas s'ennuyer. Cependant, la satisfaction de voir son père qu'elle aimait tendrement, l'agrément d'être avec ses frères, qui par cent façons différentes s'étudiaient à lui marquer toute l'étendue de leur amitié, et la joie de s'entretenir avec ses sœurs, qu'elle aimait, quoiqu'elle n'en fût pas aimée, ne purent l'empêcher de regretter ses agréables rêves. Son Inconnu, quel chagrin pour elle, dans la maison de son père ne venait plus au milieu de son sommeil lui tenir les plus tendres discours. L'empressement que lui marquaient les amants de ses sœurs ne la dédommageait point de ce plaisir imaginaire. Quand elle eût été même de caractère à se flatter de pareilles conquêtes, elle savait mettre une grande différence entre leurs attentions à celles de la Bête et de son aimable Inconnu.

Leurs assiduités ne furent payées que de la plus grande indifférence ; mais la Belle les voyant malgré ses froideurs opiniâtrement attachés à vouloir tous à l'envi lui prouver un amour le plus passionné, crut devoir leur faire connaître qu'ils perdaient leur temps. Le premier qu'elle essaya de détromper fut l'amant de son aînée, à qui elle apprit qu'elle n'était venue dans la famille que pour assister au mariage de ses sœurs, surtout à celui de son aînée, et qu'elle allait prier son père d'en hâter l'exécution. La Belle ne trouva pas un homme épris des appas de sa sœur. Il ne soupirait plus que pour elle ; et froideurs, dédains, menace de repartir avant les deux mois expirés, rien ne fut capable de le dégoûter. Fort affligée de n'avoir pas réussi dans son projet, elle tint le même discours aux autres, qu'elle eut le chagrin de trouver dans de pareils sentiments. Pour comble de tristesse, ses injustes sœurs, qui la regardaient comme une rivale, conçurent contre elle une aversion qu'elles ne purent dissimuler, et pendant que la Belle déplorait le trop grand effet de ses charmes, elle eut encore la douleur d'apprendre que ces nouveaux soupirants, dans l'idée qu'ils se nuisaient, et qu'ils étaient cause l'un pour l'autre qu'aucun ne fût favorisé, voulurent, par la plus grande extravagance, se battre. Tous ces désagréments lui firent former le dessein de partir plus tôt qu'elle ne l'avait résolu.

Son père et ses frères ne négligèrent rien pour la retenir, mais esclave de sa parole, ferme dans sa résolution, les larmes de l'un et les prières de l'autre ne purent la gagner. Tout ce qu'ils obtinrent, c'est qu'elle différa son départ autant qu'elle put. Les deux mois étaient écoulés, et tous les matins elle formait la résolution de dire adieu à sa famille, sans avoir la force de prendre congé d'elle le soir. Combattue par des sentiments de tendresse et de reconnaissance, elle ne pouvait pencher vers l'une, qu'elle ne fît injustice à l'autre. Au milieu de ses embarras, il ne fallut pas moins qu'un rêve pour la déterminer. Elle crut être en dormant au palais de la Bête, et se trouvant dans une allée écartée, au bout de laquelle était un fort[1] rempli de broussailles, qui cachait l'ouverture d'une caverne, d'où sortaient des gémissements effroyables, elle reconnut la voix de la Bête ; elle y courut pour la secourir. Ce monstre qui lui parut dans son rêve étendu par terre et mourant lui reprocha que c'était elle qui l'avait mis en ce triste état, et qu'elle n'avait payé son amour que de la plus noire ingratitude. Elle vit ensuite la Dame qu'elle avait déjà vue en dormant, et qui lui dit d'un air sévère qu'elle était perdue pour peu qu'elle tardât encore à remplir ses engagements ; qu'elle avait donné sa parole à la Bête de revenir dans deux mois, qu'ils étaient expirés ; que tardant un jour de plus, cette Bête allait mourir ; que le désordre qu'elle causait dans la maison de son père, la haine de ses sœurs devaient l'engager à partir, d'autant plus volontiers

---

1. « L'endroit le plus épais et le plus touffu d'un bois » (*Dictionnaire de l'Académie* [*DA*], 1762).

que dans le palais de la Bête tout se réunissait pour lui faire plaisir.

La Belle, effrayée de ce rêve, et craignant d'être la cause de la mort de la Bête, se réveilla tout d'un coup, et fut sans tarder déclarer à toute sa famille qu'elle ne voulait plus différer son départ. Cette nouvelle causa différents mouvements. Le père laissa parler ses larmes, les fils protestèrent qu'ils ne la laisseraient pas partir, et les amants au désespoir, jurèrent de ne point désemparer[1] sa maison. Les filles seules, loin de paraître affligées du départ de leur sœur, ne firent que louer sa bonne foi, se parant même de cette vertu, elles osèrent assurer que si, comme la Belle, elles eussent donné leurs paroles, la figure de la Bête ne les ferait pas balancer sur un si juste devoir, et qu'elles seraient déjà de retour à ce palais merveilleux. C'est ainsi qu'elles voulaient déguiser la cruelle jalousie qu'elles avaient dans le cœur. Cependant, la Belle, charmée de leurs sentiments apparents de générosité, ne pensa plus qu'à convaincre ses frères et ses amants, de l'obligation dans laquelle elle était de s'éloigner d'eux. Mais ses frères l'aimaient trop pour pouvoir consentir à son départ, et les amants, trop épris, ne pouvaient entendre raison. Les uns et les autres ignorant par quelle voie la Belle était arrivée chez son père, et ne doutant pas que le cheval qui, la première fois, l'avait portée au palais de la Bête ne vînt la chercher, résolurent tous ensemble d'y mettre obstacle.

Les sœurs qui n'avaient que les apparences d'une prétendue bonne foi, pour cacher la joie qu'elles ressentaient en elles-mêmes, en voyant le moment du départ de leur sœur approcher, craignaient plus que

---

1. « Abandonner le lieu où l'on est » (*DA*, 1762).

la mort qu'ils n'en retardassent l'exécution. Mais la Belle, ferme dans sa résolution, sachant où le devoir l'appelait, et n'ayant plus de temps à perdre pour prolonger les jours de la Bête sa bienfaitrice, prit, dès que la nuit fut venue, congé de toute sa famille et de ceux qui s'intéressaient à sa destinée. Elle les assura que quelque attention qu'ils eussent pour empêcher son départ, elle serait chez la Bête le lendemain matin avant qu'ils fussent éveillés, que toutes leurs mesures seraient inutiles, et qu'elle voulait retourner dans le palais enchanté.

Elle n'oublia pas, en se mettant au lit, de tourner sa bague. Son sommeil fut long, et elle ne se réveilla que lorsque la pendule sonnant douze heures lui fit entendre son nom en musique. À ce signe, elle connut que ses souhaits étaient accomplis. Quand elle eut marqué qu'elle ne voulait pas dormir, son lit fut environné de ces bêtes qui s'étaient empressées à la servir. Toutes lui témoignèrent la satisfaction qu'elles avaient de son retour, et lui firent connaître la douleur que leur avait causée sa longue absence.

Cette journée lui parut plus longue que toutes celles qu'elle avait passées dans ce lieu. Non qu'elle regrettât la compagnie qu'elle avait laissée, mais elle était dans l'impatience de revoir la Bête, et de ne rien épargner pour sa justification. Une autre espérance l'animait encore, c'était d'avoir dans son sommeil les doux entretiens de l'Inconnu, plaisir dont elle avait été privée pendant les deux mois qu'elle venait de passer avec sa famille, et qu'elle ne pouvait goûter que dans l'enceinte de ce palais.

La Bête enfin et l'Inconnu furent tour à tour le sujet de ses rêveries. Dans un moment, elle se reprochait de n'avoir pas du retour pour un amant qui sous une figure monstrueuse, faisait paraître une si belle âme. Dans un autre, elle était triste d'abandonner son cœur à quelque image fantastique qui n'avait d'existence que celle que lui prêtaient ses songes. Elle doutait si son cœur devait préférer une chimère à l'amour réel d'une Bête. Le songe qui lui faisait voir le bel Inconnu, l'avertissait sans cesse de ne point s'en rapporter à ses yeux. Elle craignait que ce ne fût une illusion vaine que la vapeur du sommeil enfante, et que le réveil détruit.

Ainsi, toujours irrésolue, aimant l'Inconnu, ne voulant point déplaire à la Bête, et ne cherchant qu'à s'occuper de ses plaisirs, elle fut à la Comédie-Française qu'elle trouva d'une fadeur sans égale. Refermant brusquement la fenêtre, elle crut se dédommager à l'Opéra : la musique lui parut pitoyable. Les Italiens n'eurent pas aussi le talent de l'amuser. Elle trouva leur pièce sans sel, sans esprit et sans conduite. L'ennui, le dégoût qui la suivaient ne lui firent nulle part trouver de plaisir. Elle n'eut dans les jardins nuls agréments. Sa cour cherchant à lui plaire, les uns perdirent le fruit de leurs gambades, les autres celui de leurs jolis discours et de leur gazouillement. Elle était impatiente de recevoir la visite de la Bête, dont elle croyait entendre le bruit à chaque instant. Mais cette heure si désirée arriva, sans que la Bête parût. Alarmée et comme en colère de ce retardement, elle ne savait d'où provenait son absence. Flottant entre la crainte et l'espérance, l'esprit agité, le cœur en proie à la tristesse, elle descendit dans les jardins, résolue de ne point rentrer dans le palais qu'elle n'eût trouvé la Bête. Dans tous les endroits qu'elle parcourut, elle ne vit aucune de ses traces. Elle l'appela, l'écho seul répéta ses cris. Ayant passé plus de trois heures dans ce désagréable exercice, et accablée de lassitude, elle s'assit sur un banc. Elle s'imaginait ou que la Bête était morte, ou qu'elle avait abandonné ces lieux. Elle se trouvait seule dans ce palais, sans espoir d'en sortir. Elle regrettait l'entretien de la Bête quoiqu'il ne fût pas divertissant pour elle, et ce qui lui paraissait extraordinaire, c'était de se trouver tant de sensibilité pour ce monstre. Elle se reprochait de ne l'avoir pas épousé. Se regardant comme l'auteur de sa mort (car elle craignait que son absence trop longue ne l'eût causée), elle se fit les plus durs et les plus sanglants reproches.

Au milieu de ces tristes réflexions, elle aperçut qu'elle était dans cette allée même, où la dernière nuit qu'elle venait de passer chez son père, elle s'était représenté le monstre mourant dans une caverne inconnue. Persuadée qu'elle n'avait pas été conduite dans ce lieu par le pur hasard, elle porta ses pas vers le fort qu'elle ne trouva pas impraticable. Elle y vit un antre creux qui lui paraissait être le même qu'elle avait cru voir en songe : comme la lune n'y fournissait qu'une faible lumière, les pages-singes parurent incontinent avec un nombre de flambeaux suffisant pour éclairer cet antre, et lui faire apercevoir la Bête étendue par terre, qu'elle crut endormie. Loin d'être effrayée de sa vue, la Belle en fut fort contente, et s'en approchant hardiment, elle lui passa la main sur la tête, en l'appelant plusieurs fois. Mais la sentant froide et sans mouvement, elle ne douta plus de sa mort, ce qui lui fit pousser des cris douloureux, et dire les choses du monde les plus touchantes.

La certitude de sa mort ne l'empêcha cependant pas de faire ses efforts pour la rappeler à la vie. En lui mettant la main sur le cœur, elle sentit avec une joie inexprimable qu'elle respirait encore. Sans s'amuser à la flatter davantage, la Belle sortit de la caverne et courut à un bassin, où puisant de l'eau dans ses mains, elle lui en vint jeter. Mais comme elle n'en pouvait prendre que fort peu à la fois, et qu'elle la répandait avant que d'être auprès de la Bête, son secours aurait été tardif sans le secours des courtisans-singes qui coururent au palais, et revinrent avec tant de diligence qu'elle eut dans un moment un vase pour puiser de l'eau, et des liqueurs fortifiantes. Elle lui en fit respirer et avaler, ce qui produisant un effet admirable, lui donna quelque mouvement, et peu après lui rendit la connaissance. Elle l'anima de la voix, et la flatta tant, qu'elle se remit : « Que vous m'avez causé d'inquiétude, dit-elle obligeamment à la Bête, j'ignorais à quel point je vous aimais : la peur de vous perdre m'a fait connaître que j'étais attachée à vous par des liens plus forts que ceux de la reconnaissance. Je vous jure que je ne pensais qu'à mourir, si je n'avais pu vous sauver la vie. » À ces tendres paroles, la Bête, se sentant entièrement soulagée, lui répondit d'une voix cependant encore faible : « Vous êtes bonne, la Belle, d'aimer un monstre si laid ; mais vous faites bien : je vous aime plus que ma vie. Je pensais que vous ne reviendriez plus. J'en serais morte. Puisque vous m'aimez, je veux vivre. Allez vous reposer, et soyez certaine que vous serez aussi heureuse que votre bon cœur le mérite. »

La Belle n'avait point encore entendu prononcer un si long discours à la Bête. Il n'était pas éloquent, mais il lui plut par le tour de douceur et de sincérité qu'elle y crut remarquer. Elle s'était attendue d'en être grondée, ou de recevoir du moins des reproches. Elle eut dès lors meilleure opinion de son caractère : ne la trouvant plus si stupide, elle regarda même comme un trait de prudence ses courtes réponses ;

et prévenue de plus en plus en sa faveur, elle se retira dans son appartement l'esprit rempli des plus flatteuses idées.

La Belle, extrêmement fatiguée, y trouva tous les rafraîchissements dont elle avait besoin. Ses yeux appesantis lui promettaient un doux sommeil ; presque aussitôt endormie que couchée, son cher Inconnu ne manqua pas de se présenter. Pour exprimer le plaisir qu'il avait de la revoir, que de choses tendres il lui dit ! Il l'assura qu'elle serait heureuse ; qu'il ne s'agissait plus que de suivre les mouvements que lui dictait la bonté de son cœur. La Belle lui demanda si ce serait en épousant la Bête. L'Inconnu lui répondit qu'il n'y avait que ce seul moyen. Elle en eut une espèce de dépit, elle trouva même extraordinaire que son amant lui conseillât de rendre son rival heureux. Après ce premier songe, elle croyait voir la Bête morte à ses pieds. Un instant après, l'Inconnu paraissait et disparaissait en même temps pour laisser prendre sa place à la Bête. Ce qu'elle remarquait le plus distinctement était la Dame, qui semblait lui dire : « Je suis contente de toi. Suis toujours les mouvements de ta raison et ne t'inquiète de rien, je me charge du soin de te rendre heureuse. » La Belle, quoiqu'endormie, paraissait découvrir son inclination pour l'Inconnu, et sa répugnance pour le monstre, qu'elle ne trouvait pas aimable. La Dame souriait de son scrupule et l'avertissait de ne point s'inquiéter de sa tendresse pour l'Inconnu, que les mouvements qu'elle se sentait n'avaient rien d'incompatible avec l'intention qu'elle avait de faire son devoir, que sans résistance, elle la pouvait suivre, et que son bonheur serait parfait en épousant la Bête.

Ce songe, qui finit avec son sommeil, fut pour elle

une source intarissable de réflexions. Dans ce dernier et dans les autres, elle trouva plus de fondement que n'en ont communément les songes ; c'est ce qui la détermina de consentir à cet étrange hymen. Mais l'image de l'Inconnu venait sans cesse la troubler. C'était le seul obstacle, il n'était pas médiocre. Toujours incertaine de ce qu'elle avait à faire, elle fut à l'Opéra, sans que ses embarras cessassent. Au sortir de ce spectacle, elle se mit à table ; l'arrivée de la Bête fut seule capable de la déterminer.

Loin de lui faire des reproches sur sa longue absence, le monstre, comme si le plaisir de la voir lui eût fait oublier ses ennuis passés, parut, en entrant chez la Belle, n'avoir d'empressement que celui de savoir si elle s'était bien divertie, si on l'avait bien reçue et si sa santé avait été bonne. Elle répondit à ces questions, et ajouta poliment qu'elle avait acheté cher tous les agréments dont elle avait joui par ses soins, qu'ils avaient été suivis de cruelles peines par l'état où elle l'avait trouvé.

La Bête la remercia laconiquement, après quoi, voulant prendre congé d'elle, elle lui demanda à son ordinaire, si elle voulait qu'elle couchât avec elle. La Belle fut quelque temps sans répondre, mais prenant enfin son parti, elle lui dit en tremblant : « Oui, la Bête, je le veux bien, pourvu que vous me donniez votre foi, et que vous receviez la mienne. — Je vous la donne, reprit la Bête, et vous promets de n'avoir jamais d'autre épouse... — Et moi, répliqua la Belle, je vous reçois pour mon époux, et vous jure un amour tendre et fidèle. »

À peine eut-elle prononcé ces mots, qu'une décharge d'artillerie se fit entendre ; et pour qu'elle ne doutât pas que ce ne fût en signe de réjouissance, elle vit de ses fenêtres l'air tout en feu par l'illumination de plus de vingt mille fusées, qui se renouvelèrent pendant trois heures. Elles formaient des lacs d'amour : des cartouches galants représentaient les chiffres de la Belle, et on lisait en lettres bien marquées, VIVE LA BELLE ET SON ÉPOUX. Ce charmant spectacle ayant suffisamment duré, la Bête témoigna à sa nouvelle épouse qu'il était temps de se mettre au lit.

Quelque peu d'impatience qu'eût la Belle de se trouver auprès de cet époux singulier, elle se coucha. Les lumières s'éteignirent à l'instant. La Bête, s'approchant, fit appréhender à la Belle que du poids de son corps elle n'écrasât leur couche. Mais elle fut agréablement étonnée en sentant que ce monstre se mettait à ses côtés aussi légèrement qu'elle venait de le faire. Sa surprise fut bien plus grande, quand elle l'entendit ronfler presque aussitôt, et que par sa tranquillité, elle eut une preuve certaine qu'il dormait d'un profond sommeil.

Malgré son étonnement, accoutumée qu'elle était aux choses extraordinaires, après avoir donné quelques moments à la réflexion, elle s'endormit aussi tranquillement que son époux, ne doutant point que ce sommeil ne fût mystérieux, ainsi que tout ce qui se passait dans ce palais. À peine fut-elle endormie que son cher Inconnu vint à l'ordinaire lui rendre visite. Il était plus gai et plus paré qu'il n'avait jamais été. «Que je vous suis obligé, charmante Belle, lui disait-il. Vous me délivrez de l'affreuse prison où je gémissais depuis si longtemps. Votre mariage avec la Bête va rendre un roi à ses sujets, un fils à sa mère, et la vie à son royaume : Nous allons tous être heureux. »

La Belle, à ce discours, sentait un violent dépit, voyant que l'Inconnu, loin de lui témoigner le désespoir où le devait jeter l'engagement qu'elle venait de prendre, faisait briller à ses yeux une joie excessive. Elle allait lui témoigner son mécontentement, lorsque la Dame à son tour lui parut en songe.

«Te voilà victorieuse, lui dit-elle. Nous te devons tout, la Belle, tu viens de préférer la reconnaissance à tout autre sentiment; il n'y en a point qui, comme toi, eussent eu la force de tenir parole aux dépens de leur satisfaction, ni d'exposer leur vie pour sauver celle de leur père; en récompense, il n'y en a point qui puissent espérer de jamais jouir d'un bonheur pareil à celui où ta vertu t'a fait parvenir. Tu n'en connais à présent que la moindre partie. Le retour du soleil t'en apprendra davantage.»

Après la Dame, la Belle revoyait le jeune homme, mais étendu et comme mort. Toute la nuit se passa à faire différents songes. Ces agitations lui étaient devenues familières, elles ne l'empêchèrent point de dormir longtemps. Ce fut le grand jour qui la réveilla. Il brillait dans sa chambre bien plus qu'à l'ordinaire, ses guenons n'avaient pas fermé les fenêtres, c'est ce qui lui donna occasion de jeter les yeux sur la Bête. Prenant d'abord le spectacle qu'elle voyait pour une suite ordinaire de ses songes, et croyant rêver encore, sa joie et sa surprise furent extrêmes quand elle n'eut plus lieu de douter que ce qu'elle voyait ne fût réel.

Le soir, en se couchant, elle s'était mise au bord de son lit, ne croyant pas faire trop de place à son affreux époux. Il avait ronflé d'abord, mais elle avait cessé de l'entendre avant que de s'endormir. Le silence qu'il gardait, quand elle s'éveilla, lui ayant fait douter qu'il fût auprès d'elle, et s'imaginant qu'il s'était levé doucement, pour en savoir la vérité, elle se retourna avec le plus de précaution qu'il lui fut possible, et fut agréablement surprise de trouver, au lieu de la Bête, son cher Inconnu.

Ce charmant dormeur lui paraissait mille fois plus beau qu'il ne l'était pendant la nuit, pour être certaine si c'était bien le même, elle se leva, et fut prendre sur sa toilette le portrait qu'elle portait d'ordinaire au bras. Mais elle ne le put méconnaître. Occupé du merveilleux de cet assoupissement, elle lui parla dans l'espérance de le faire cesser. Ne s'éveillant point à sa voix, elle le tira par le bras. Cette seconde tentative lui fut encore inutile, et ne servit qu'à lui faire connaître qu'il y avait de l'enchantement : ce qui la fit résoudre à laisser passer ce charme, qui vraisemblablement devait avoir un terme prescrit.

Comme elle était seule, elle ne craignait de scandaliser personne par les libertés qu'elle pouvait prendre avec lui. De plus, il était son époux. C'est pourquoi, donnant un libre cours à ses tendres sentiments, elle le baisa mille fois et prit ensuite le parti d'attendre patiemment la fin de cette espèce de léthargie. Qu'elle était charmée d'être unie à l'objet qui seul l'avait forcée à balancer, et d'avoir fait par devoir ce qu'elle aurait voulu faire par goût ! Elle ne doutait plus du bonheur qu'on lui avait promis dans ses songes. Ce fut alors qu'elle connut que la Dame lui disait vrai, en lui représentant qu'il ne serait point incompatible d'avoir tout à la fois de l'amour pour la Bête, et pour son Inconnu, puisque les deux n'étaient qu'un.

Cependant son époux ne s'éveillait pas. Après un peu de nourriture, elle essaya de se dissiper par ses occupations ordinaires ; mais elles lui parurent insipides. Ne pouvant se résoudre à sortir de sa chambre, pour n'y pas rester oisive, elle prit de la musique et se mit à chanter. Ses oiseaux l'entendant firent avec elle un concert d'autant plus charmant, que la Belle espérait toujours qu'il serait interrompu par le réveil de son époux, car elle s'était flattée de détruire l'enchantement par l'harmonie de la voix.

Il le fut en effet, mais non de la façon qu'elle avait espéré. La Belle entendit le bruit étranger d'un char qui roulait sous les fenêtres de son appartement, et la voix de plusieurs personnes qui s'approchaient de sa chambre. Au même instant, le singe capitaine des gardes par le bec de son perroquet truchement lui annonça des dames. La Belle, regardant par la fenêtre, vit le char qui les avait apportées. Il était d'une façon toute nouvelle, et d'une beauté sans égale. Quatre cerfs blancs ayant leurs bois et les pinces d'or, superbement harnachés, tiraient cet équipage, dont la singularité augmenta le désir qu'elle avait de connaître celles à qui il appartenait.

Par le bruit qui devenait plus grand, elle connut que ces dames approchaient, et qu'elles devaient être près de l'antichambre. Elle se crut obligée d'aller au-devant. Elle reconnut dans une des deux la Dame qu'elle avait coutume de voir en songe. L'autre n'était pas moins belle ; sa mine haute et distinguée marquait assez qu'elle était une personne illustre. Cette inconnue avait passé la première jeunesse, mais elle avait l'air si majestueux, que la Belle ne savait à laquelle adresser son compliment.

Elle était dans cet embarras, lorsque celle qu'elle connaissait déjà, et qui paraissait avoir quelque supériorité sur l'autre, adressant la parole à sa compagne, lui dit : « Eh bien, reine, que pensez-vous de cette belle-fille ? vous lui devez le retour de votre fils à la vie, car vous conviendrez que la façon déplorable dont il en jouissait ne peut pas s'appeler vivre. Sans elle, vous n'auriez jamais revu ce prince, et il serait resté sous l'horrible figure dans laquelle il avait été transformé, s'il ne se fût pas trouvé dans le monde une personne unique, de qui la vertu et le courage égalent la beauté. Je crois que vous verrez avec plaisir ce fils qu'elle vous rend, devenir son bien. Ils s'aiment, et il ne manque à présent à leur parfait bonheur que votre consentement, le leur refuserez-vous ? »

La reine, à ces mots, embrassant tendrement la Belle, s'écria : « Loin de leur refuser mon consentement, j'y mets ma souveraine félicité... Charmante et vertueuse fille, à qui j'ai tant d'obligation, apprenez-moi qui vous êtes, et le nom des souverains assez heureux pour avoir donné le jour à une princesse si parfaite.

— Madame, répondit modestement la Belle, depuis longtemps je n'ai plus de mère. Mon père est un marchand plus connu dans le monde par sa bonne foi et ses malheurs, que par sa naissance... » À cette sincère déclaration, la reine, étonnée, recula deux pas, et dit : « Quoi vous n'êtes que la fille d'un marchand !... Ah ! grande fée », ajouta-t-elle, en la regardant d'un air mortifié. Elle se tut après ce peu de paroles ; mais son air disait assez ce qu'elle pensait, et son mécontentement s'exprimait dans ses yeux.

« Il me semble, lui dit fièrement la fée, que vous n'êtes pas contente de mon choix. La condition de cette jeune fille excite vos mépris, elle était cependant la seule dans le monde qui fût capable de remplir mon projet, et de rendre votre fils heureux...

— Je suis très reconnaissante, répondit la reine,

mais puissante Intelligence[1], ajouta-t-elle, je ne puis m'empêcher de vous représenter le bizarre assemblage du plus beau sang du monde dont mon fils est issu, avec le sang obscur, d'où sort la personne à qui vous le voulez unir. Je vous avoue que je suis peu flattée du prétendu bonheur de ce prince, s'il le faut acheter par une alliance aussi honteuse pour nous, et aussi indigne de lui. Serait-il impossible qu'il se trouvât dans le monde une personne de qui la vertu égalât la naissance ? Je sais le nom de tant de princesses estimables, pourquoi ne me sera-t-il pas permis de me flatter de le voir possesseur d'une d'elles. »

Comme elles en étaient en cet endroit, le bel Inconnu parut. L'arrivée de sa mère et de la fée l'avait éveillé, et le bruit qu'elles avaient causé eut plus de pouvoir que tous les efforts de la Belle, l'ordre du charme le voulant ainsi. La reine le tint longtemps embrassé sans proférer une parole. Elle retrouvait un fils que ses belles qualités rendaient digne de sa tendresse. Quelle joie pour ce prince de se voir délivré d'une figure épouvantable, et d'une stupidité d'autant plus douloureuse, qu'elle était affectée, et qu'elle n'avait point obscurci sa raison ! Il recouvrait la liberté de paraître en sa forme ordinaire par l'objet de son amour, c'est ce qui la lui rendait encore plus précieuse.

Après les premiers transports que le sang lui venait d'inspirer pour sa mère, le prince les interrompit pour suivre le devoir et la reconnaissance qui le pressaient de rendre grâce à la fée. Il le fit dans les termes les plus respectueux et les plus courts, afin d'avoir la liberté de tourner ses empressements du côté de la Belle.

1. Nom donné à une catégorie de fées, comme expliqué plus loin.

Il les lui avait déjà fait connaître par ses tendres regards, et pour confirmer ce qu'avaient dit ses yeux, il allait y joindre les termes les plus touchants, lorsque la fée le retint, et lui marqua qu'elle le prenait pour juge entre sa mère et elle. «Votre mère, lui dit-elle, condamne l'engagement que vous avez pris avec la Belle. Elle trouve que sa naissance est indigne de la vôtre. Pour moi, je crois que ses vertus en font disparaître l'inégalité. C'est à vous, Prince, à décider qui de nous deux pense selon votre goût. Afin que vous ayez une entière liberté de nous faire connaître vos véritables sentiments, je vous déclare qu'il vous est permis de ne vous pas contraindre, quoique vous ayez donné votre foi à cette aimable personne, vous la pouvez reprendre. Je suis caution que la Belle vous la rendra sans aucune difficulté. Quoique par sa bonté vous ayez repris votre forme naturelle, je vous assure encore que sa générosité lui fera pousser le désintéressement jusqu'à vous laisser la liberté de disposer de votre main en faveur de la personne à qui la reine vous conseillera de la donner... Qu'en dites-vous, la Belle, poursuivit la fée en se tournant de son côté, me suis-je trompée en expliquant vos sentiments? Voudriez-vous d'un époux, qui le serait à regret?

— Non assurément, madame, répondit la Belle, le prince est libre; je renonce à l'honneur d'être son épouse. Quand j'ai accepté sa foi, j'ai cru faire grâce à quelque chose au-dessous de l'homme. Je ne me suis engagée avec lui que dans le dessein de lui faire une faveur insigne. L'ambition n'a point eu de part à mes intentions. Ainsi, grande fée, je vous supplie de ne rien exiger de la reine dans une occasion où je ne puis blâmer sa délicatesse.

— Eh bien, reine, que dites-vous à cela? dit la fée

d'un ton dédaigneux et piqué. Trouvez-vous que les princesses qui ne le sont que par le caprice de la fortune méritent mieux le haut rang où le sort les a placées, que cette jeune personne ? Pour moi, je pense qu'elle ne devrait pas être responsable d'une origine que sa vertu relève suffisamment... » La reine répondit avec une espèce de confusion : « La Belle est incomparable ; son mérite est infini, rien n'est au-dessus. Mais, madame, ne pouvons-nous pas trouver d'autres moyens de le récompenser ? Ne le puis-je pas faire sans lui sacrifier la main de mon fils ?

« Oui, la Belle, lui dit la reine, je vous dois tant que je ne le puis reconnaître ; je ne mets point de bornes à vos désirs. Souhaitez hardiment, je vous accorderai tout, hors ce seul point. Mais la différence ne sera pas grande pour vous. Choisissez un époux dans ma cour. Quelque grand Seigneur qu'il puisse être, il aura lieu de s'estimer heureux, et à votre considération je le placerai si près du trône, qu'il y aura peu de différence.

— Je vous rends grâce, madame, lui répondit la Belle, je n'ai point de récompense à exiger de vous. Je suis trop payée du plaisir d'avoir fait cesser l'enchantement qui dérobait un grand prince à sa mère et à son royaume. Mon bonheur serait parfait si c'était à mon Souverain que j'eusse rendu ce service. Tout ce que je désire est que la fée daigne me remettre auprès de mon père. »

Le prince qui, par ordre de la fée, avait gardé le silence pendant tous ces discours, ne fut pas le maître de le garder plus longtemps, et son respect à des ordres si fâcheux ne fut plus capable de le contenir. Il se jeta aux pieds de la fée et de sa mère ; il les pria avec la plus vive instance de ne le pas rendre plus malheureux qu'il n'était en éloignant la Belle et en le privant du bonheur d'être son époux.

À ces mots, la Belle le regardant d'un air rempli de tendresse, mais accompagné d'une noble fierté, lui dit : « Je ne puis, prince, vous cacher les sentiments que j'ai pour vous, votre désenchantement en est une preuve, et je les voudrais en vain déguiser. J'avoue, sans rougir, que je vous aime plus que moi-même. Pourquoi le dissimulerais-je ? On ne doit désavouer que les mouvements criminels. Les miens sont remplis d'innocence, et sont autorisés par le consentement de la généreuse fée, à qui vous et moi sommes si redevables. Mais si j'ai pu me résoudre à y renoncer, quand j'ai cru que mon devoir m'ordonnait de sacrifier à la Bête, vous devez être persuadé que je ne me démentirai pas en cette occasion, où il ne s'agit plus de l'intérêt d'un monstre, mais du vôtre.

« Il me suffit de savoir qui vous êtes et qui je suis pour renoncer à la gloire d'être votre épouse. J'ose dire même que, quand vaincue par vos prières, elle vous accorderait le consentement que vous désirez, elle ne ferait rien pour vous, puisque dans ma maison, et dans mon amour même, vous trouveriez un obstacle insurmontable. Je le répète, je ne demande pour toute faveur que de retourner dans le sein de ma famille, où je conserverai un souvenir éternel de vos bontés et de votre amour.

— Généreuse fée, s'écria le prince en joignant les mains d'une façon suppliante, de grâce, empêchez que la Belle ne parte, et rendez-moi plutôt ma monstrueuse figure. À cette condition, je resterai son époux, elle a donné sa foi à la Bête, et je préfère cet avantage à tous ceux qu'elle me procure, si je n'en puis jouir sans les payer si chèrement. »

La fée ne répondait rien. Elle regardait fixement

la reine qui était touchée de tant de vertus, mais dont l'orgueil n'était pas ébranlé. La douleur de son fils l'affligeait, sans pouvoir oublier que la Belle était fille d'un marchand, et rien davantage. Cependant, elle appréhendait le courroux de la fée, dont l'air et le silence marquaient assez l'indignation. Son embarras était extrême. N'ayant pas la force de dire un mot, elle craignait de voir finir d'une façon funeste une conversation dont l'intelligence protectrice était offensée. Personne ne parla pendant quelques moments, mais la fée enfin rompit le silence, et jetant un regard affectueux sur les amants, elle leur dit : « Je vous trouve dignes l'un de l'autre. On ne pourrait sans crime songer à séparer tant de mérite. Vous resterez unis, c'est moi qui vous le promets. J'ai assez de pouvoir pour l'exécuter. » La reine à ces paroles frémit : elle eût ouvert la bouche pour faire quelques représentations, mais la fée la prévint en lui disant : « Pour vous, reine, le peu de cas que vous faites d'une vertu dépouillée des vains ornements que vous estimez seuls, m'autoriserait à vous faire des reproches amers. Mais je pardonne cette faute à la fierté que vous inspire le rang que vous tenez, et je ne prendrai pas d'autre vengeance que celle que je tire de la petite violence que je vous fais, de laquelle vous ne serez pas longtemps sans me rendre grâce. »

La Belle à ces paroles embrassa les genoux de la fée, et s'écria : « Ah ! ne m'exposez pas à la douleur de m'entendre reprocher toute ma vie que je suis indigne du rang où votre bonté me veut élever ; songez que le prince qui croit à présent que son bonheur consiste dans le don de ma main, pensera peut-être comme la reine, avant qu'il soit peu.

— Non, non, la Belle, ne craignez rien, reprit la

fée. Les malheurs que vous prévoyez ne peuvent arriver. Je sais un moyen sûr de vous en préserver, et quand le prince serait capable de vous mépriser après vous avoir épousée, il faudrait qu'il en cherchât un autre sujet que dans l'inégalité des conditions. Votre naissance n'est point inférieure à la sienne. L'avantage même est très considérable de votre côté, puisqu'il est vrai, dit-elle fièrement à la reine, que voilà votre nièce, et ce qui vous la doit rendre respectable, c'est qu'elle est la mienne, étant fille de ma sœur, qui, comme vous, n'était pas esclave d'une dignité dont la vertu fait le principal lustre.

« Cette fée sachant estimer le vrai mérite fit honneur au roi de l'Île heureuse, votre frère, de l'épouser. J'ai garanti le fruit de leurs amours des fureurs d'une fée qui voulait être sa belle-mère. Depuis qu'elle est née, je l'ai destinée pour épouse à votre fils. Je voulais en vous cachant l'effet de ma bonne volonté, donner à votre confiance le temps d'éclater. J'avais quelque sujet de croire que vous en auriez eu davantage pour moi. Vous pouviez vous en rapporter à mes soins sur le destin du prince. J'avais témoigné y prendre assez d'intérêt, et vous ne deviez pas appréhender que je l'exposasse à rien de honteux pour vous et pour lui. Je suis persuadée, madame, poursuivit-elle avec un sourire qui marquait encore quelque chose d'aigre, que vous ne pousserez pas le dédain plus loin, et que vous voudrez bien nous honorer de votre alliance. »

La reine, interdite et confuse, ne sut que répondre. Le seul moyen de réparer sa faute fut d'en faire un aveu sincère, et d'en témoigner un vrai repentir. « Je suis coupable, généreuse fée, lui dit-elle, vos bontés me doivent être de sûrs garants, que vous ne laisseriez point faire à mon fils une alliance qui le dût déshonorer. Mais de grâce, pardonnez aux préjugés d'une naissance illustre. Ils me disaient que le sang royal ne se pouvait mésallier sans honte. Je mériterais, je l'avoue, que pour me punir, vous donnassiez à la Belle une belle-mère plus digne de la posséder. Mais vous prenez un intérêt trop généreux à mon fils pour le rendre la victime de ma faute.

« Quant à vous, chère Belle, continua-t-elle en l'embrassant tendrement, vous ne devez pas me vouloir du mal de ma résistance. Elle n'était causée que par le désir de donner mon fils à ma nièce, que la fée m'avait assurée être vivante, malgré les apparences du contraire. Elle m'en avait fait une peinture si charmante, que sans vous connaître, je vous aimais assez tendrement pour m'exposer à l'indignation de l'Intelligence, afin de vous conserver le trône et le cœur de mon fils. » En disant cela, elle recommença ses caresses, et la Belle les reçut avec respect. Le prince, de son côté, ravi de cette agréable nouvelle, en marqua sa joie par ses regards.

« Nous voilà tous contents, dit la fée, et pour terminer cette heureuse aventure, il ne nous manque que le consentement du roi, père de la princesse, mais nous le verrons bientôt lui-même. » La Belle la supplia de permettre que celui qui l'avait élevée, et à qui elle avait cru être redevable de la vie, fût présent à son bonheur. « J'aime ces soins, dit la fée, ils sont dignes d'une belle âme, et puisque vous le souhaitez, je me charge de le faire avertir. »

Alors, prenant la reine par la main, elle l'emmena sous prétexte de lui faire voir le palais enchanté ; c'était pour laisser aux nouveaux époux la liberté de s'entretenir pour la première fois sans contrainte et sans le secours de l'illusion. Ils voulurent les suivre, mais elle le leur défendit. Le bonheur dont ils allaient jouir les pénétrait d'une joie égale, ils ne pouvaient douter de leur tendresse mutuelle.

La conversation confuse et peu suivie, les protestations renouvelées cent fois, en étaient pour eux un témoignage plus certain que ne l'aurait été un discours plein d'éloquence. Après avoir épuisé ce que l'amour fait dire en semblable occasion à des personnes de qui le cœur est véritablement touché, la Belle demanda à son amant par quel malheur il avait été si cruellement métamorphosé en Bête. Elle le pria encore de l'instruire de tous les événements qui avaient précédé sa cruelle métamorphose. Le prince, qui pour avoir changé de figure n'avait pas moins d'empressement à lui obéir, et ne voulant pas différer davantage, lui parla dans ces termes [1].

[...]

Le prince finit ainsi, et la Belle allait lui répondre, lorsqu'elle en fut empêchée par un bruit de voix éclatantes, et d'instruments guerriers, qui cependant n'annonçaient rien de sinistre. Ils mirent la tête à la fenêtre, et la fée et la reine qui revenaient de leur promenade en firent autant.

Ce bruit procédait de l'arrivée d'un homme, qui selon les apparences, devait être un roi. L'escorte qui l'environnait avait toutes les marques de la dignité royale, et lui-même en sa personne faisait voir un air

---

1. La Bête fait alors à la Belle le récit de son histoire. Élevé par une mère très aimante, reine de son pays, il a été protégé longtemps par une fée qui, bien que « vieille, laide, et d'un caractère hautain », s'est mise en tête de l'épouser une fois qu'il est devenu adulte. Comme il refusait, celle-ci l'a transformé en bête. Une fée « obligeante » est intervenue pour qu'il puisse un jour recouvrer son apparence mais à condition qu'une jeune personne accepte de l'épouser malgré sa forme monstrueuse.

de majesté qui ne démentait point la magnificence dont il était accompagné. Ce prince parfaitement bien fait, quoiqu'il ne fût plus dans sa première jeunesse, montrait qu'il avait eu peu d'égaux dans le printemps de son âge. Il était suivi de douze gardes, et de quelques courtisans en habits de chasse, qui paraissaient aussi étonnés que leur maître de se trouver dans un château qui leur était inconnu. On lui rendit les mêmes honneurs que s'il eût été dans ses propres états, et le tout par des invisibles, car ils entendaient des cris de joie et de fanfares, et ils ne voyaient personne.

La fée, en le voyant paraître, dit à la reine : « Voilà le roi votre frère, et le père de la Belle, il ne s'attend point au plaisir de vous trouver ici. Il en sera d'autant plus satisfait que, comme vous le savez, il croit sa fille morte depuis longtemps. Il la regrette encore aussi bien que sa femme, de qui il conserve un tendre souvenir. » Ce discours augmenta l'impatience que la jeune reine et la princesse avaient d'embrasser ce prince, elles arrivèrent promptement dans la cour, au moment que lui-même descendait de cheval. Il les aperçut sans les pouvoir connaître : mais ne doutant point qu'elles ne vinssent au-devant de lui, il ne savait quel compliment leur faire, ni de quels termes se servir, lorsque la Belle, se jetant à ses genoux, les embrassa en l'appelant son père.

Ce prince la releva, et la serrant tendrement entre ses bras, ne comprenait point pourquoi elle lui donnait ce nom. Il s'imagina qu'elle pouvait être une princesse orpheline et opprimée qui venait implorer sa protection, et qui ne se servait des termes les plus touchants que pour obtenir l'effet de sa demande. Il était prêt à l'assurer qu'il allait faire en sa faveur tout ce qui dépendrait de lui lorsqu'il reconnut la reine sa sœur, qui l'embrassant à son tour, lui présenta son fils. Elle lui fit connaître une partie des obligations qu'elle et lui avaient à la Belle, et ne lui cacha pas l'affreuse aventure qui venait de se terminer.

Le roi loua cette jeune princesse et voulait savoir son nom, quand la fée l'interrompant, lui demanda s'il était nécessaire de nommer ses parents, et s'il n'avait jamais connu personne à qui elle ressemblât assez pour les lui découvrir... « Si je m'en rapportais à ses traits, dit-il, en la regardant fixement et ne pouvant retenir quelques larmes, le nom qu'elle m'a donné m'est légitimement dû ; mais malgré ces signes, et l'émotion où sa vue me jette, je n'ose me flatter que ce soit ma fille, que j'ai pleurée, puisque j'ai vu les marques certaines qu'elle a été dévorée par les bêtes sauvages. Cependant, continua-t-il en la considérant de nouveau, elle est parfaitement ressemblante à la tendre et incomparable épouse que la mort m'a ravie. Que je suis flatté agréablement de l'espérance de revoir en elle le fruit d'un hymen charmant, dont les chaînes n'ont été que trop tôt rompues !

— Vous le pouvez, Seigneur, reprit la fée, la Belle est votre fille. Sa naissance n'est plus un secret ici. La reine et le prince savent qui elle est. Je ne vous ai fait venir que pour vous en instruire : mais nous ne sommes point dans un lieu commode pour faire le détail de cette aventure : entrons dans le palais, vous vous y reposerez quelques moments, et ensuite je vous raconterai ce que vous désirez savoir. Après la joie que vous aurez ressentie de retrouver une fille si belle et si vertueuse, je vous ferai part d'une autre nouvelle, à laquelle vous ne serez pas moins sensible. »

Le roi, accompagné de sa fille et du prince, fut

conduit par les officiers singes dans l'appartement que la fée lui avait destiné.

L'Intelligence prit ce temps pour rendre aux statues la liberté de parler de ce qu'elles avaient vu. Comme leur sort avait fait compassion à la reine, elle voulut que ce fût par ses mains qu'elles ressentissent la douceur de revoir la lumière. Elle lui donna sa baguette, avec laquelle la reine ayant décrit par son ordre sept cercles en l'air, elle prononça ces mots d'une voix naturelle : « Animez-vous, votre roi est sauvé. » Toutes ces figures immobiles se remuèrent, commencèrent à marcher, et à agir comme ci-devant, ne se souvenant que confusément de ce qui leur était arrivé.

Après cette cérémonie, la fée et la reine retournèrent auprès du roi, qu'elles trouvèrent en conversation avec la Belle et le prince. Tour à tour, il leur faisait des caresses, et surtout à sa fille, à laquelle il demanda cent fois comment elle avait été sauvée des bêtes féroces, qui l'avaient emportée, sans faire réflexion qu'elle lui avait répondu dès la première fois qu'elle n'en savait rien, et qu'elle avait même ignoré le secret de sa naissance. De son côté, le prince parlait sans être entendu, répétant cent fois les obligations qu'il avait à la princesse Belle. Il aurait aussi désiré prévenir le monarque sur les promesses que la fée lui avait faites de lui en accorder la possession, et le prier de ne pas refuser un agréable consentement à son alliance. Cet entretien et ses caresses furent interrompus par l'arrivée de la reine et de la fée. Le roi, qui retrouvait sa fille, connaissait toute l'étendue de son bonheur, mais il ignorait encore à qui il avait obligation de ce précieux avantage.

« C'est à moi, lui dit la fée ; et c'est moi seule qui

dois vous expliquer l'aventure. Je ne borne pas mes bienfaits à vous en faire le récit, j'ai encore des nouvelles à vous annoncer qui ne sont pas moins agréables. Ainsi, grand roi, vous pouvez marquer ce jour parmi les jours heureux de votre vie. » La compagnie connaissant que la fée se préparait à parler, fit comprendre par son silence qu'elle lui donnerait une grande attention. Pour répondre à leur attente, voici le discours qu'elle tint au roi.

« La Belle, Seigneur, et peut-être le prince, sont les seuls ici qui ne savent pas les lois de l'Île heureuse. C'est pour eux que je vais les expliquer. Il est permis à tous les habitants de cette île, et même au roi, de ne consulter que leur goût dans la personne qu'un chacun doit épouser, afin que rien ne s'oppose à son bonheur. Ce fut en vertu de ce privilège que vous choisîtes une jeune bergère, que vous rencontrâtes à la chasse. Ses attraits, sa sagesse, vous la firent trouver digne de cet honneur.

« Toute autre qu'elle, et même des filles élevées en dignité, eussent accepté avec joie et empressement celui de votre maîtresse, mais sa vertu lui fit dédaigner une pareille offre. Vous l'élevâtes sur le trône, et lui donnâtes un rang, duquel la bassesse de sa naissance semblait la devoir exclure, mais qu'elle méritait par la noblesse de son caractère, et la beauté de son âme.

« Vous pouvez vous souvenir que vous eûtes toujours sujet de vous louer de votre choix. Sa douceur, sa complaisance, et sa tendresse pour vous, égalèrent les charmes de sa personne. Mais vous ne jouîtes pas longtemps du plaisir de la voir. Après qu'elle vous eut fait père de la Belle, vous vous trouvâtes obligé de faire un voyage sur vos frontières, pour prévenir une apparence de révolte, dont vous fûtes informé; pendant ce temps, vous fîtes la perte de cette chère épouse, qui vous toucha d'autant plus que vous joignîtes à la tendresse que ses appas vous avaient inspirée, la plus parfaite estime pour ses rares qualités. Malgré sa grande jeunesse, et le peu d'éducation que sa naissance lui avait donné, vous lui trouvâtes une prudence consommée, et vos plus habiles courtisans furent étonnés des sages conseils qu'elle vous donnait, et des expédients qu'elle trouvait pour vous faire réussir dans tous vos projets. »

Le roi, qui avait toujours conservé sa douleur, et à qui la mort de cette digne épouse était toujours présente, ne put entendre ce récit sans donner de nouveaux témoignages de sensibilité; et la fée qui s'aperçut que ce discours l'attendrissait, lui dit : « Votre sensibilité me prouve que vous méritiez ce bonheur : je ne veux pas vous rappeler davantage un souvenir qui ne peut que vous attrister. Mais je dois vous apprendre que cette prétendue bergère était une fée, et ma sœur. Informée que l'Île heureuse était un charmant pays, sachant ses lois et la douceur de votre gouvernement, elle eut envie de la voir.

« L'habit d'une bergère fut le seul déguisement qu'elle emprunta, pour jouir quelque temps de la vie champêtre. Vous la rencontrâtes dans ce séjour. Ses grâces et sa jeunesse vous touchèrent. Elle s'abandonna sans contrainte à l'envie de savoir si vous aviez autant de charmes dans l'esprit qu'elle en trouvait dans votre personne. Elle se fiait à sa qualité et à son pouvoir de fée, qui la mettraient quand elle voudrait à couvert de vos empressements, supposé qu'ils fussent jusqu'à l'importunité, et que la condition sous laquelle elle paraissait vous fît présumer que sans conséquence vous lui pouviez manquer de respect. Elle ne redoutait point les sentiments que vous lui pouviez inspirer, et persuadée que sa vertu suffisait pour la garantir des pièges de l'amour, elle attribuait ce qu'elle avait senti pour vous à la simple curiosité de connaître s'il y avait encore sur la terre des hommes capables d'aimer la vertu dépourvue des ornements étrangers, qui la rendent plus brillante et plus respectable au vulgaire, que sa propre qualité, et de qui les secours funestes font souvent donner son nom aux vices les plus abominables.

« Abusée par cette idée, loin de se retirer dans notre asile général comme elle l'avait d'abord projeté, elle voulut habiter une petite cabane qu'elle s'était faite dans la solitude, où vous la rencontrâtes avec une figure fantastique qui représentait sa mère. Ces deux personnes semblaient vivre du produit d'un prétendu troupeau qui ne craignait point les loups, n'étant en effet que des génies déguisés. Ce fut dans ce lieu qu'elle reçut vos soins. Ils produisirent tout l'effet que vous pouviez désirer. Elle n'eut pas la force de refuser l'offre que vous lui fîtes de la couronne... Vous connaissiez toute l'étendue de l'obligation que vous lui deviez, dans les temps que vous croyiez qu'elle vous devait tout, et que vous vouliez bien la laisser dans cette erreur.

« Ce que je vous apprends vous est une preuve sensible que l'ambition n'eut point de part au consentement qu'elle donnait à vos désirs. Vous n'ignorez pas que nous regardons les plus grands royaumes comme des biens dont nous faisons présent à qui nous plaît. Mais elle fit attention à votre généreux procédé, et se croyant heureuse de s'unir à un homme aussi vertueux, elle s'étourdit sur cet engagement, au point qu'elle ne fit aucune réflexion au danger dans lequel elle allait se précipiter. Car nos lois défendent directement toute alliance avec ceux qui n'ont pas autant de puissance que nous, surtout avant que nous ayons assez d'ancienneté pour avoir de l'autorité sur les autres, et jouir du droit de présider à notre tour.

« Avant ce temps, nous sommes subordonnées à nos anciennes, et pour que nous n'abusions pas de notre pouvoir, nous n'avons celui de disposer de nos personnes qu'en faveur d'une Intelligence, ou d'un sage, de qui la puissance soit au moins égale à la nôtre. Il est vrai qu'après la vétérance, nous sommes maîtresses de faire quelle alliance il nous plaît ; mais il est rare que nous usions de ce droit, et ce n'est jamais qu'au scandale de l'ordre, qui ne reçoit cet affront que rarement, encore est-ce de la part de quelques vieilles fées, qui paient presque toujours cher leur extravagance, car elles épousent de jeunes gens qui les méprisent, et quoiqu'on ne les punisse pas directement, elles le sont suffisamment par les mauvaises façons de leurs époux, de qui il ne leur est pas permis de se venger.

« C'est la seule peine que nous leur imposons. Les désagréments qui suivent presque toujours les folies qu'elles ont faites leur ôtent l'envie de révéler aux profanes, de qui elles espéraient des égards et des soins, nos secrets avantageux. Ma sœur n'était dans aucun de ces cas. Douée de toutes les qualités propres à se faire aimer, il ne lui manquait que l'âge ; mais elle ne consulta que son amour. Elle se flatta de pouvoir tenir son hymen secret, elle y réussit quelque temps. Nous n'avons guère l'usage de nous informer de ce que font celles qui sont absentes. Chacune s'occupe de ses propres affaires, et nous nous répandons dans le monde pour faire du bien ou du mal selon nos inclinations, sans être obligées, à notre retour, de rendre compte de nos actions, à moins que nous n'ayons eu une conduite qui fasse parler de nous, ou que quelques fées bienfaisantes, touchées des malheureux injustement persécutés, n'en portent les plaintes. Il faut enfin quelque aventure imprévue pour qu'on visite le livre général, dans lequel ce que nous faisons se grave de lui-même au moment que la chose arrive. Excepté ces occasions, nous ne devons paraître à l'assemblée que trois fois l'année, et comme nous voyageons fort commodément, il n'est question pour en être quitte que d'une présence de deux heures.

« Ma sœur était *obligée d'éclairer le trône* (c'est ainsi que nous appelons cette corvée) quand il le fallait ; elle vous préparait de loin une chasse ou un voyage de plaisir, et après votre départ, elle affectait quelque incommodité pour rester seule enfermée dans son cabinet, ou supposait d'avoir besoin d'écrire, ou de se reposer. On ne s'aperçut point dans votre palais, ni parmi nous, de ce qu'elle avait tant d'intérêt de cacher. Ce mystère n'en fut pas un pour moi. Les conséquences en étaient dangereuses, c'est ce que je lui fis connaître ; mais elle vous aimait trop pour se repentir de sa démarche. Voulant même se justifier dans mon esprit, elle exigea que je vinsse vous voir.

« Sans vous faire de compliment, j'avoue, seigneur, que si votre vue ne me fit pas entièrement approuver sa faiblesse, du moins elle diminua considérablement, et augmenta le zèle avec lequel je cherchais à la tenir cachée. Sa prévarication fut inconnue pendant deux ans ; mais enfin, elle se découvrit. Nous sommes obligées de faire un certain nombre de bienfaits dans l'étendue générale de l'univers, dont nous nous trouvons forcées de rendre compte. Quand ma sœur fut obligée de rendre le sien, elle ne put montrer de faveurs que dans l'Île heureuse et pour l'Île heureuse.

« Plusieurs de nos fées de mauvaise humeur blâmèrent son procédé, c'est ce qui fit que notre reine lui demanda par quelle raison elle bornait son humeur bienfaisante à cette faible partie de la terre, puisqu'il ne lui était pas permis d'ignorer qu'une jeune fée devait beaucoup voyager pour faire connaître à l'univers quelle est notre puissance et notre volonté.

« Comme cette loi n'était pas nouvelle, ma sœur n'eut pas de sujet d'en murmurer, ni de prétexte pour refuser d'obéir. Elle promit de s'y conformer. Mais l'impatience de vous revoir, la peur qu'on ne s'aperçût de son absence, l'impossibilité de faire des actions secrètes sur le trône, ne lui permirent pas de s'éloigner assez longtemps et assez souvent pour faire son devoir, et à l'assemblée suivante, à peine put-elle prouver qu'elle eût été un quart d'heure hors de l'Île heureuse.

« Notre reine, irritée contre elle, la menaça de détruire cette île pour l'empêcher de violer plus longtemps nos lois. Cette menace la troubla si fort que la moins clairvoyante des fées connut jusqu'à quel point votre épouse portait la sensibilité pour cette île fatale ; et la méchante fée qui a donné au prince que voici la monstrueuse figure qu'il a eue, s'aperçut à son trouble, qu'en ouvrant le Grand Livre, elle y trouverait un sujet important et capable d'exercer son inclination malfaisante. "C'est là, s'écria-t-elle, que la vérité se découvrira, et que nous allons apprendre au vrai quelle est sa conduite." À ces mots, elle fit voir à toute l'assemblée tout ce qui s'est passé depuis deux ans, et le lut à voix haute et distincte.

« Toutes les fées firent un bruit étrange en apprenant cette mésalliance, et accablèrent ma triste sœur des plus cruels reproches. Elle fut dégradée de notre ordre, et condamnée à demeurer prisonnière chez nous. Si la punition de cette faute n'eût consisté que dans la première des peines, elle se fût consolée ; mais le second châtiment, plus terrible que le premier, lui fit sentir toute la rigueur de l'un et de l'autre. La perte de sa dignité la touchait peu, mais vous aimant tendrement, elle demanda, les yeux en larmes, qu'on se contentât de la dégrader sans la priver de la douceur de vivre en simple mortelle avec son époux et sa chère fille.

« Ses pleurs et ses supplications touchaient les jeunes vétérantes, et je vis, au murmure qu'on fit, que si dans l'instant on eût recueilli les voix, elle en eût assurément été quitte pour une remontrance. Mais une des plus anciennes, que pour sa grande décrépitude nous appelons la Mère des Temps, ne donna pas à la reine le loisir de s'expliquer, et de faire connaître que la pitié s'était emparée de son cœur, comme de celui des autres.

« "Ce crime ne doit pas se tolérer, s'écria d'une voix cassée cette détestable vieille ; s'il n'est pas puni, nous serons tous les jours exposées aux mêmes affronts. L'honneur de l'ordre y est absolument engagé. Cette misérable, attachée à la terre, ne regrette point la perte d'une dignité qui l'élevait cent fois plus au-dessus des rois, qu'ils ne le sont au-dessus de leurs sujets. Elle nous apprend que son affection, ses craintes, et ses désirs, se tournent vers son indigne famille. C'est par cet endroit qu'il la faut punir. Que son époux la regrette. Que sa fille, fruit honteux de ses lâches amours, épouse un monstre pour lui faire expier la faiblesse d'une mère qui a eu la faiblesse de se laisser charmer par la beauté fragile et méprisable de son père."

« Cette cruelle sentence fit revenir à la rigueur beaucoup de celles qui penchaient vers la clémence. Le petit nombre de celles qui avaient été touchées de pitié n'étant pas assez considérable pour s'opposer à la délibération générale, elle fut exécutée à la rigueur, et notre reine elle-même, dont la physionomie paraissait tournée à la compassion, reprit son air sévère, et confirma, à la pluralité des voix, l'avis de cette mauvaise vieille. Cependant, ma sœur, qui cherchait à faire révoquer un arrêt si cruel, pour toucher les juges et excuser son hymen, fit de vous un portrait si charmant, qu'elle enflamma le cœur de la fée gouvernante du prince (c'était celle qui avait ouvert le Livre), mais cet amour naissant n'a servi qu'à redoubler la haine que cette injuste fée avait déjà pour votre triste épouse.

« Ne pouvant résister à l'empressement qu'elle avait de vous voir, elle colora sa passion du prétexte de connaître si vous méritiez qu'une fée vous fît le sacrifice que ma sœur vous avait fait. Comme elle était chargée du prince, et qu'elle avait fait approuver cette tutelle à l'assemblée, elle n'aurait osé l'abandonner, si l'amour ingénieux ne lui eût inspiré de mettre auprès de lui un génie protecteur, et deux fées subalternes et invisibles pour en répondre en son absence. Après cette précaution, elle ne songea qu'à suivre ses désirs, qui la portèrent dans l'Île heureuse.

« Cependant, les femmes et les officiers de la reine prisonnière, étonnés de ce qu'elle ne sortait point de son cabinet secret, en furent alarmés. Les défenses expresses qu'elle avait faites de ne pas l'interrompre, leur firent passer la nuit sans frapper à sa porte ;

mais l'impatience faisant place à toute autre considération, ils frappèrent vivement, et personne ne
leur répondant, ils enfoncèrent la porte, ne doutant
plus qu'il ne lui fût arrivé quelque accident. Quoiqu'ils s'attendissent à tout ce qu'il y a de plus funeste,
ils ne furent pas moins consternés de ne la pas trouver. On l'appela, on la chercha vainement. Rien ne
s'offrit pour soulager le désespoir que son absence
causait. On fit mille raisonnements tous aussi
absurdes les uns que les autres. On ne pouvait soup-
çonner que son évasion fût volontaire. Elle était
toute puissante dans votre royaume, le pouvoir souverain que vous lui aviez laissé ne lui était contesté
par qui que ce fût. Tous lui obéissaient avec joie. La
tendresse que vous aviez l'un pour l'autre, celle
qu'elle avait pour sa fille, et pour des sujets dont elle
faisait ses délices, empêchait qu'on ne l'accusât de
sa fuite. Où fût-elle allée pour être mieux ? D'ailleurs,
quel homme eût osé enlever une reine du milieu de
ses gardes et du fond de son palais ? On aurait su la
route que les ravisseurs eussent pu prendre.

« Le malheur était certain ; quoique les circonstances en fussent cachées. Il y en avait un autre à
redouter. C'était, seigneur, la façon dont vous rece-
vriez cette fatale nouvelle. L'innocence de ceux qui
étaient responsables de la personne de la reine ne les
rassurait point contre les effets de votre juste courroux. Il fallait se déterminer à fuir de vos états, et
par cette fuite, se déclarer coupable d'un crime qu'ils
n'avaient pas commis, ou il fallait trouver le secret
de vous cacher ce malheur.

« Après beaucoup de délibérations, on n'en imagina point d'autres que de vous persuader qu'elle
était morte. Ce qui fut exécuté dans l'instant. On fit
partir un courrier pour vous apprendre qu'elle était

tombée malade. Un second qui partit quelques heures après, vous porta la nouvelle de sa mort, c'était afin que votre amour ne vous fît pas venir en diligence. Votre présence eût rompu toutes les mesures qui faisaient la sûreté générale. On lui fit des obsèques dignes de son rang, de votre affection, et des regrets d'un peuple dont elle était adorée et qui la pleurait aussi sincèrement que vous-même.

« Cette cruelle aventure fut toujours un secret pour vous, quoiqu'il n'y eût personne dans toute l'Île heureuse qui l'ignorât. La première surprise avait rendu ce malheur public. La douleur que vous sentîtes de cette perte fut proportionnée à votre affection, vous n'y trouvâtes de soulagement qu'à faire venir la princesse votre fille auprès de vous. Les innocentes caresses de cet enfant firent toute votre consolation. Vous ne voulûtes plus vous en séparer. Elle était charmante, et vous présentait sans cesse un portrait vivant de la reine sa mère. La fée ennemie, qui avait été la première cause de tout le désordre, en ouvrant le Grand Livre par lequel elle avait découvert le mariage de ma sœur, n'était pas venue vous voir sans payer sa curiosité. Votre présence avait produit sur son cœur le même effet que sur celui de votre épouse, et sans que cette expérience la portât à l'excuser, elle désirait ardemment de commettre la même faute. Invisible auprès de vous, elle ne pouvait se résoudre à vous quitter, vous voyant inconsolable, elle ne se flattait pas d'un heureux succès dans ses amours, et craignant de joindre la honte de vos mépris à l'inutilité de ses desseins, elle n'osait se faire connaître à vous. D'un autre côté, jugeant qu'il était nécessaire de paraître, elle pensait que par le tour de son esprit, elle vous accoutumerait à la voir, et peut-être à l'aimer. Mais il fallait vous entretenir, et pour en avoir le moyen, elle rêva tant au tour qu'elle donnerait pour se présenter devant vous avec décence, qu'elle le trouva.

« Il y avait une reine voisine qui se voyait chassée de ses états par un usurpateur assassin de son mari : cette triste princesse courait le monde, pour trouver un asile et un vengeur. La fée l'enleva, et l'ayant mise dans un endroit sûr, elle l'endormit et prit sa figure. Vous la vîtes, seigneur, cette fée déguisée, se jeter à vos pieds, et implorer votre protection, pour punir, disait-elle, le meurtrier d'un époux qu'elle regrettait autant que vous regrettiez la reine. Elle vous protesta que l'amour conjugal était l'unique motif qui la faisait agir, et qu'elle renonçait de tout son cœur à une couronne, qu'elle offrait à celui qui vengerait son cher époux.

« Les malheureux ont pitié les uns des autres. Vous entrâtes dans sa douleur, d'autant plus qu'elle pleurait un époux chéri, et que mêlant ses larmes avec les vôtres, elle vous parlait sans cesse de la reine. Vous lui accordâtes votre protection, et vous ne tardâtes pas à la rétablir dans son prétendu royaume, en punissant les rebelles et l'usurpateur, comme elle le semblait désirer ; mais elle n'y voulut pas retourner, ni vous quitter. Elle vous supplia, pour sa sûreté, de faire régir son royaume en son nom, puisque vous aviez trop de générosité pour accepter le présent qu'elle vous en voulait faire, et de lui permettre de vivre à votre cour. Vous ne pûtes lui refuser cette nouvelle grâce. Elle vous parut nécessaire à élever votre fille : car l'adroite mégère n'ignorait pas que cet enfant était l'unique objet de votre affection. Elle feignait une extrême tendresse pour elle, et la tenait continuellement entre ses bras. Vous prévenant sur la prière que vous alliez lui faire, elle vous demanda avec empressement de lui permettre de se charger de son éducation, disant qu'elle ne voulait point d'autres héritiers que cette chère fille, qui serait la sienne, et l'unique objet de son amour, parce que, disait-elle, elle lui rappelait le souvenir de celle qu'elle avait eue de son époux, et qui avait péri avec lui.

« Sa proposition vous parut si avantageuse que vous ne balançâtes point à lui remettre la princesse, et même à l'en rendre maîtresse absolue. Elle s'acquitta parfaitement de sa charge, et par ses talents et son affection, elle eut entièrement votre confiance, et comme à une tendre sœur, vous lui donnâtes votre amitié. Ce n'était pas assez pour elle, tous ses soins ne tendaient qu'à devenir votre femme. Pour en venir à bout, elle ne négligea rien. Mais quand vous n'eussiez pas été l'époux de la plus belle des fées, elle n'était pas faite pour donner de l'amour. La figure qu'elle avait empruntée ne pouvait entrer en comparaison avec celle dont elle briguait la place. Extrêmement laide, et l'étant naturellement elle-même, elle n'eût pu emprunter de la beauté pour plus d'un jour par an.

« Cette expérience peu flatteuse lui fit comprendre que, pour réussir, il fallait qu'elle eût recours à d'autres moyens qu'à la beauté. Elle cabala secrètement pour obliger les peuples et les grands à vous solliciter de prendre une femme, et pour se faire désigner. Mais certains discours ambigus qu'elle vous avait tenus pour fonder vos dispositions vous firent aisément connaître d'où provenaient les vives sollicitations dont vous étiez importuné. Vous témoignâtes nettement que vous ne vouliez pas entendre parler de donner une belle-mère à votre fille, ni vous mettre en état, en la subordonnant à une reine, de lui ravir le premier rang de vos états, avec l'espérance certaine de vous succéder au trône. Vous fîtes aussi entendre à cette fausse princesse qu'elle vous ferait plaisir de retourner chez elle sans bruit et sans retardement. Lorsqu'elle y serait de retour, vous promîtes de lui rendre tous les bons offices qu'elle pourrait attendre d'un ami fidèle et d'un voisin généreux. Mais vous ne lui cachâtes pas que si elle ne prenait ce parti de bonne grâce, elle courrait risque d'y être forcée.

« L'obstacle invincible que vous opposiez à son amour la mit dans une colère terrible; cependant, elle feignit une si grande indifférence sur cela, qu'elle parvint à vous persuader; cette tentative était un effet de son ambition, et de la peur que dans la suite, vous vous emparassiez de ses états, aimant mieux, malgré l'empressement qu'elle avait témoigné pour vous les faire accepter, vous laisser croire qu'elle ne vous les avait pas offerts de bonne foi, que de vous donner à connaître ses véritables sentiments.

« Sa fureur, pour être cachée, n'en fut pas moins violente. Ne doutant point que ce ne fût la Belle, qui plus puissante dans votre cœur que la politique, vous ferait renoncer à l'avantage d'augmenter votre empire d'une façon si glorieuse, elle conçut pour elle une haine aussi forte que celle qu'elle avait contre votre épouse, et prit la résolution de s'en défaire, ne doutant point que si elle était morte, vos sujets renouvelant leurs instances, vous forçassent à vous mettre en état de laisser des successeurs... La bonne femme n'était guère en âge d'en donner, mais cette supercherie ne lui ferait rien. La reine de qui elle avait pris la ressemblance était assez jeune pour en avoir encore beaucoup, sa laideur n'étant pas un obstacle à un hymen royal et politique.

« Malgré la déclaration authentique que vous aviez faite, on pensait que si votre fille mourait, vous céderiez aux continuelles représentations de votre conseil. On ne doutait même plus que votre choix ne tombât sur cette feinte reine, ce qui lui attirait des créatures sans nombre. Ainsi par le secours d'un de ses flatteurs, dont la femme avait l'âme aussi basse que lui et qui était aussi méchante qu'elle, son dessein fut de se défaire de votre fille. Elle l'avait faite gouvernante de la petite princesse. Ils arrêtèrent entre eux de l'étouffer, et de dire qu'elle était morte subitement. Mais pour plus grande sûreté, ils convinrent d'aller commettre ce meurtre dans la forêt voisine, afin que personne ne les pût surprendre en cette barbare exécution ; ils comptaient qu'on n'en aurait pas la moindre connaissance, et qu'il serait impossible de les blâmer de n'avoir pas demandé du secours avant qu'elle fût expirée, ayant pour excuse légitime qu'ils étaient trop éloignés. Le mari de la gouvernante se proposait d'en venir chercher, après qu'elle serait morte ; et pour qu'on ne les soupçonnât de rien, il devait paraître surpris de les trouver hors d'état d'être secourues, quand il serait revenu dans l'endroit où il aurait laissé cette tendre victime de leur fureur, et d'ailleurs il étudiait la douleur et l'étonnement qu'il voulait affecter.

« Lorsque ma misérable sœur se vit dépouillée de son pouvoir et condamnée aux rigueurs d'une cruelle prison, elle me recommanda de vous consoler et de veiller à la sûreté de sa fille. Il n'était pas nécessaire qu'elle prît cette précaution. L'union qui est entre nous et la pitié qu'elle me faisait auraient suffi pour vous attirer ma protection, et sa recommandation ne me porta pas à remplir ses désirs avec plus de zèle.

« Je vous voyais le plus souvent que je pouvais, et autant que la prudence me le permettait, sans courir le risque de donner des soupçons à notre ennemie, qui m'aurait dénoncée comme une fée en qui l'affection fraternelle prévalait sur l'honneur de l'ordre, et qui protégeait une race coupable. Je ne négligeai rien pour convaincre toutes les fées que je l'avais abandonnée à son malheureux sort, et par là, je comptais me conserver plus de facilité de lui rendre service. Comme j'étais attentive à toutes les démarches de votre perfide amante, tant par moi-même que par les génies qui me sont soumis, son affreuse intention ne me fut pas cachée. Je ne pouvais m'y opposer à force ouverte, et quoiqu'il me fût facile d'anéantir ceux entre les mains de qui elle avait abandonné cette petite créature, la prudence m'en empêchait, et si j'eusse enlevé votre enfant, la maligne fée me l'aurait reprise, sans qu'il m'eût été possible de la défendre. Il y a parmi nous une loi qui nous oblige d'avoir mille ans d'ancienneté avant que d'entrer en dispute contre nos anciennes, ou du moins il faut avoir été serpent.

« Les périls qui nous accompagnent en cet état, nous le fait nommer les *fastes terribles*. Il n'y en a point entre nous qui ne frémissent en songeant à l'entreprendre. Nous balançons longtemps avant de nous résoudre à nous y exposer; et sans un motif bien pressant de haine, d'amour, ou de vengeance, il en est peu qui n'aiment mieux attendre leur vétérance du secours du temps, que de la prévenir par ce dangereux moyen, où la plus grande partie succombe. J'étais dans ce cas. Il s'en fallait dix ans que mes mille ans fussent accomplis, et je n'avais de ressource que dans l'artifice. Je l'employai heureusement.

« Je pris la forme d'une ourse monstrueuse et me cachant dans la forêt destinée à cette détestable exécution, lorsque ces misérables vinrent pour exécuter l'ordre barbare qu'ils avaient reçu, je me jetai sur la femme qui avait la petite entre ses bras et sur la bouche de laquelle elle mettait déjà la main. La frayeur qu'elle eut l'obligea à laisser tomber ce précieux fardeau ; mais elle n'en fut pas quitte à si bon marché, et l'horreur que me donnait son mauvais naturel m'inspira la cruauté de l'animal dont j'avais pris la figure. Je l'étranglai, ainsi que le traître qui l'avait accompagnée, et j'emportai la Belle après l'avoir promptement dépouillée, et teint ses vêtements dans le sang de ses ennemis. Je les éparpillai dans la forêt après avoir eu la précaution de les déchirer en plusieurs endroits, afin que l'on ne crût pas que la princesse en fût réchappée, et je me retirai très contente d'avoir si bien réussi.

« La fée se crut servie selon ses désirs. La mort de ses deux complices était un avantage pour elle, elle devenait maîtresse de son secret, et le sort que je venais de leur faire éprouver était celui qu'elle leur avait destiné, pour récompenser leurs coupables services. Une autre circonstance, qui lui fut encore avantageuse, c'est que des bergers, qui virent de loin cette expédition, coururent appeler du secours, qui arriva assez tôt pour trouver ces infâmes qui expiraient, et vous ôter tout soupçon qu'elle y eût aucune part.

« Les mêmes incidents furent aussi favorables à mon entreprise. Ils convainquirent la méchante fée de la même chose que le vulgaire. Cet événement lui parut si naturel, qu'elle n'en douta plus. Elle ne daigna pas même employer son pouvoir pour s'en assurer. Je fus ravie de sa sécurité. Je n'eusse pas été la plus forte si elle eût voulu reprendre la petite Belle, parce qu'outre les raisons qui la faisaient ma supérieure, et que je vous ai expliquées, elle avait l'avantage de tenir cet enfant de vous, vous lui aviez confié votre autorité, contre laquelle il n'y avait que vous seul qui eussiez du pouvoir; et à moins de la retirer vous-même de ses mains, rien ne la pouvait soustraire aux lois qu'elle lui voudrait imposer jusqu'au temps qu'elle aurait été mariée.

« Délivrée de cette inquiétude, je me vis accablée par une autre, en me ressouvenant que la Mère des Temps avait condamné ma nièce à épouser un monstre. Mais elle n'avait pas encore trois ans, et je me flattai de trouver par mon étude un expédient, pour que cette malédiction ne s'accomplît pas à la lettre, et que je la puisse faire tourner en équivoque. J'avais tout le temps d'y penser, et je ne m'occupai alors que du soin de trouver un lieu où je pusse mettre ma précieuse proie en sûreté.

« Le mystère m'était absolument nécessaire. Je n'osai lui donner un château, ni faire pour elle aucune magnificence de l'art, notre ennemie s'en serait aperçu, elle en eût eu quelque inquiétude dont les suites eussent été funestes pour nous. J'aimai donc mieux prendre un habit simple, et la confier au premier particulier que je rencontrerais, qui me paraîtrait homme de bien et où je pourrais me flatter qu'elle trouverait les aisances de la vie.

« Le hasard favorisa bientôt mes intentions. Je trouvai ce qui me convenait parfaitement. Ce fut une petite maison dans un hameau dont la porte était ouverte. J'entrai dans cette chaumière qui me parut être celle d'un paysan à son aise. Je vis à la clarté d'une lampe trois paysannes endormies auprès d'un berceau, que j'ai jugé être celui d'un nourrisson. Il n'avait rien de la simplicité du reste de la chambre : tout en était somptueux. Je pensai que cette petite créature était malade, et que le sommeil où ses gardes étaient plongées provenait de la fatigue qu'elles avaient eue auprès d'elle. Je m'en approchai sans bruit dans le dessein de lui donner du soulagement, et je me faisais d'avance un plaisir de la surprise que ces femmes auraient eue en s'éveillant en trouvant leur malade guéri, sans savoir à quoi l'attribuer. Je m'empressais à tirer cet enfant de son berceau dans l'intention de lui souffler de la vie ; mais ma bonne volonté lui devint inutile, il expirait au moment que je le touchai.

« Cette mort dans l'instant m'inspira le désir d'en profiter, et de mettre ma nièce à sa place, si la bonne fortune voulait que ce fût une fille. Je fus assez heureuse pour que mes souhaits fussent remplis. Ravie de cette occurrence, je fis sans tarder cet échange, et j'emportai la petite morte que j'enterrai. Je revins ensuite à cette maison où je fis du bruit à la porte pour éveiller les dormeuses.

« Je leur dis dans un patois affecté que j'étais une étrangère qui leur demandait un asile pour cette nuit ; elles me l'accordèrent de bonne grâce et furent regarder leur enfant qu'elles trouvèrent endormie paisiblement et avec toutes les apparences d'une parfaite santé. Elles en furent joyeuses et surprises, parce qu'elles ne connurent pas la tromperie que je leur avais faite en leur fascinant les yeux.

« Elles m'apprirent que cette petite fille était celle d'un riche marchand ; qu'une d'elles était sa nourrice qui après l'avoir sevrée l'avait rendue à ses parents, mais que l'enfant était tombée malade chez son père, qui l'avait renvoyée à la campagne dans l'espérance que le grand air lui ferait du bien. Elles ajoutèrent d'un visage satisfait, en regardant la petite, que cette expérience avait réussi, et qu'elle produisait un meilleur effet que tous les remèdes qu'on avait mis en usage avant de la leur rendre. Elles résolurent de la reporter à son père aussitôt qu'il ferait jour, pour ne lui point retarder la satisfaction qu'il en recevrait, et pour laquelle elles comptaient de recevoir une grosse récompense, parce que cet enfant lui devenait extrêmement cher, quoique la dernière de onze.

« Au lever du soleil, elles partirent ; de mon côté, je feignis de continuer ma route, en m'applaudissant d'avoir placé ma nièce si avantageusement. Pour augmenter encore sa sûreté, et pour engager ce père supposé à s'attacher à cette petite fille, je pris la figure d'une de ces femmes qui vont disant la bonne aventure, et me trouvant à la porte du marchand, lorsque les nourrices la lui rapportèrent, j'entrai avec elles. Il les reçut avec joie, et prenant cette petite fille entre ses bras, il fut la dupe des préjugés de l'amour paternel, en croyant fermement que ses entrailles étaient émues à son aspect ; ce n'étaient que les mouvements du bon naturel, qu'il confondait avec ceux de la nature. Je pris ce moment pour augmenter la tendresse qu'il s'imaginait ressentir.

« "Regarde bien cette petite, mon bon Seigneur, lui dis-je, dans le langage ordinaire aux personnes dont j'avais pris l'habit. Elle te fera grand honneur dans ta famille, elle te donnera de grands biens, et te sauvera la vie, et à tous tes enfants. Elle sera tant belle, tant belle, qu'ainsi sera-t-elle nommée par tous ceux qui la verront." Pour récompense de ma prédiction, il me donna une pièce d'or, et je me retirai fort contente.

121

« Il ne restait plus rien qui m'obligeât à résider avec la race d'Adam. Pour profiter de mon loisir, je passai dans notre empire, résolue d'y rester quelque temps. Je demeurai tranquillement à consoler ma sœur, en lui apprenant des nouvelles de cette chère fille, et en lui témoignant que loin de l'avoir oubliée, vous chérissiez sa mémoire dans la même tendresse que vous aviez eue pour sa personne.

« Voilà, grand roi, quelle était notre situation, tandis que vous étiez pénétré du nouveau malheur qui vous avait privé de votre enfant, et qui renouvelait les douleurs que vous avaient fait ressentir la perte de sa mère. Quoique vous ne pussiez positivement accuser de cet accident celle à qui vous l'aviez confiée, il vous fut cependant impossible de vous empêcher de la regarder d'un mauvais œil, parce que s'il ne paraissait pas qu'elle fût coupable, elle ne pouvait se justifier sur le fait de la négligence que l'événement avait rendu criminelle.

« Après les premiers transports de votre affliction, elle se flattait qu'il n'y aurait plus d'obstacle qui vous empêchât de l'épouser, elle vous en fit renouveler les propositions par ses émissaires. Mais elle fut désabusée, et sa mortification fut extrême, quand vous déclarâtes que non seulement vous n'étiez pas plus que ci-devant dans l'intention de vous remarier, mais que, quand bien même vous changeriez d'idée, ce ne serait jamais en sa faveur. À cette déclaration, vous joignîtes un ordre pressant de sortir incessamment de votre royaume. Sa présence vous rappelait le souvenir de votre fille, et renouvelait vos douleurs, voilà le prétexte dont vous vous servîtes : mais la principale raison que vous aviez, c'est que vous vouliez faire cesser les cabales qu'elle faisait continuellement pour venir à son but.

« Elle en fut outrée, mais il fallut obéir sans pouvoir se venger. J'avais engagé une de nos anciennes à vous protéger. Son pouvoir était considérable parce qu'elle joignait à la vétérance l'avantage d'avoir été quatre fois serpent. Comme il y a un danger extrême à le devenir, il y a aussi des honneurs et un redoublement de puissance attachés. Cette fée à ma considération, vous prenait sous sa protection et mit votre amante irritée hors d'état de vous faire aucun mal.

« Ce contretemps fut favorable à la princesse, dont elle avait pris la ressemblance. Elle la fit sortir de son sommeil, et lui cachant le criminel usage qu'elle avait fait de ses traits, elle ne voulut lui faire voir que le beau de toutes ses actions. Elle n'oublia pas de faire valoir ses bons offices et la peine qu'elle lui avait épargnée ; et afin qu'elle continuât elle-même son propre personnage, elle lui donna des conseils salutaires pour se maintenir. Ce fut alors que cherchant à se consoler de votre indifférence, elle retourna auprès du prince, et qu'elle y renouvela ses soins ; elle le chérit, elle l'aima trop, et cette fée ne pouvant s'en faire aimer, lui fit ressentir un terrible effet de sa fureur.

« Cependant, le moment de ma vétérance était insensiblement venu, et mon pouvoir augmentait ; mais le désir de servir ma sœur et vous me persuada que je n'en avais pas encore assez. Ma sincère amitié me déguisant le péril des "fastes dangereux", je voulus le franchir. Je devins serpent, et je m'en tirai heureusement ; c'est ce qui me mit en état d'agir sans mystère pour le service de ceux que nos mauvaises compagnes oppriment. Si je ne puis pas dans toutes les occasions détruire entièrement les "charmes funestes", j'en ai souvent le pouvoir, et du moins je suis toujours la maîtresse de les adoucir par ma puissance et par mes conseils.

« Ma nièce était du nombre de celles à qui je ne pouvais faire la faveur entière. N'osant découvrir l'intérêt que j'y prenais, il me parut plus à propos de la laisser sous le nom de la fille du marchand ; j'allais sous différentes formes la voir souvent, et j'en revenais toujours satisfaite. Sa vertu et sa beauté égalaient son esprit. Âgée de quatorze ans, elle avait déjà fait voir une constance admirable dans la bonne et mauvaise fortune que son prétendu père avait éprouvée.

« Je fus ravie de connaître que les plus cruels revers n'avaient point été capables d'altérer sa tranquillité. Au contraire, par sa gaîté, par la douceur de sa conversation, elle s'était fait un devoir de la ramener à son père et à ses frères, et j'avais le plaisir de voir qu'elle avait des sentiments dignes de sa naissance. Mais cette douceur était mêlée de la plus cruelle amertume quand je me rappelais que tant de perfections étaient destinées pour un monstre. Je travaillais, je m'occupais vainement nuit et jour à chercher les moyens de la garantir d'un si grand malheur et j'étais au désespoir de ne pouvoir rien imaginer.

« Cette inquiétude ne m'empêchait pas de faire de fréquents voyages auprès de vous. Votre femme, qui n'en avait pas la liberté, me sollicitait sans cesse de vous aller voir, et malgré la protection de notre amie, sa tendresse alarmée lui persuadait toujours que les moments où je vous perdais de vue étaient les derniers de votre vie, et ceux que notre ennemie sacrifiait à sa fureur. Cette appréhension la troublait si fort, qu'à peine me donnait-elle le temps de me reposer. Quand je venais lui rendre compte de l'état où vous étiez, elle me suppliait avec tant d'instance d'y retourner, qu'il m'était impossible de lui refuser.

« Touchée de son inquiétude, et voulant plutôt la faire cesser que m'épargner les peines qu'elle me causait, je me servis contre notre barbare compagne des mêmes armes dont elle s'était servie contre nous, et je fus ouvrir le Grand Livre. Par bonheur, ce fut au moment de la conversation qu'elle eut avec la reine et avec le prince, et la même qui se termina par sa métamorphose. Je n'en perdis pas un mot, et mon ravissement fut extrême, de ce que pour mieux assurer sa vengeance, elle détruisait, sans le savoir, le tort que la Mère des Temps nous avait fait, en assujettissant la Belle à l'hymen d'un monstre. Pour comble de bonheur, elle y mettait des circonstances si avantageuses, qu'il semblait qu'elle les eût faites exprès, et dans l'unique intention de m'obliger ; car elle fournissait à la fille de ma sœur l'occasion de faire connaître qu'elle était digne de sortir du plus pur sang des fées.

« Un signe, le moindre geste exprime parmi nous tout ce que le vulgaire ne pourrait prononcer en trois jours. Je ne dis qu'un mot d'un air méprisant ; c'en fut assez pour faire connaître à l'assemblée que le procès de notre ennemie avait été fait par elle-même dans l'arrêt qu'elle avait fait rendre dix ans devant contre votre épouse. À l'âge de cette dernière, il semblait plus naturel d'avoir des faiblesses de l'amour, qu'à une fée du premier ordre, et d'un plus grand âge. Je parle des bassesses et des mauvaises actions qui avaient accompagné cet amour suranné ; je représentai que si tant d'infamies restaient impunies, on aurait sujet de dire que les fées n'étaient dans le monde que pour déshonorer la nature et pour affliger le genre humain. En leur présentant le

Livre, je renfermai ma brusque harangue dans le seul mot, *voyez*. Elle n'en fut pas moins puissante ; j'avais de plus des amies jeunes et vétérantes, qui traitèrent la vieille amoureuse comme elle le méritait. Elle n'avait pu vous épouser, et l'on ajouta à cette punition le déshonneur d'être dégradée de l'ordre, et on la traita comme la reine de l'Île heureuse.

« Ce conseil se tint pendant qu'elle était avec vous, dès qu'elle parut, on lui en signifia le résultat. J'eus le plaisir d'en être témoin. Après quoi, refermant le Livre, je descendis avec précipitation de la moyenne région de l'air, où réside notre empire, pour m'opposer à l'effet du désespoir où vous étiez prêt à vous abandonner ; je n'employai pas plus de temps à faire ce voyage, que j'en avais mis à ma laconique harangue. J'arrivai assez tôt pour vous promettre mon secours. Toutes sortes de raisons m'y invitaient. Vos vertus, vos malheurs, dit-elle au prince en se tournant de son côté, l'avantage que je trouvais pour la Belle, me faisaient voir en vous le monstre qui me convenait. Vous me sembliez seuls dignes l'un de l'autre, et je ne doutais pas que lorsque vous vous connaîtriez, vos cœurs ne se rendissent une justice mutuelle.

« Vous savez, dit-elle à la reine, ce que j'ai fait depuis pour y parvenir, et par quelle voie j'ai obligé la Belle de se rendre dans ce palais, où la vue du prince et son entretien, dont je la faisais jouir en songe, ont eu l'effet que je pouvais souhaiter. Ils ont enflammé son cœur sans ébranler sa vertu, et sans que cet amour ait eu le pouvoir d'affaiblir le devoir et la reconnaissance qui l'attachaient au monstre. Enfin, j'ai conduit heureusement toutes choses à leur perfection.

« Oui, prince, poursuivit la fée, vous n'avez plus rien à redouter du côté de votre ennemie. Elle est dépouillée de sa puissance, et ne sera jamais en pouvoir de vous nuire par de nouveaux charmes. Vous avez exactement rempli les conditions qu'elle vous avait imposées ; car si vous ne les aviez pas exécutées, elles subsisteraient toujours malgré son éternelle disgrâce. Vous vous êtes fait aimer sans le secours de votre esprit et de votre naissance, et vous, la Belle, vous êtes pareillement quitte de la malédiction que la Mère des Temps vous avait donnée. Vous avez bien voulu prendre un monstre pour votre époux. Elle n'a plus rien à exiger, tout est désormais porté à votre bonheur. »

La fée cessa de parler, et le roi, se jetant à ses pieds : « Grande fée, lui dit-il, comment pourrais-je vous remercier de toutes les grâces dont vous avez daigné combler ma famille. La reconnaissance que j'ai de vos bienfaits est infiniment au-dessus de toute expression. Mais, mon auguste sœur, ajouta-t-il, ce nom m'encourage à vous demander encore de nouvelles grâces, et malgré les obligations que je vous ai, je ne puis m'empêcher de vous dire que je ne serai point heureux tant que je serai privé de la présence de ma chère fée. Ce qu'elle a fait, ce qu'elle souffre pour moi, augmenterait mon amour et ma douleur, si l'un et l'autre n'étaient pas à son plus haut point. Ah! madame, ajouta-t-il, ne pourriez-vous point combler la mesure de vos bienfaits en me la faisant voir ? »

Cette demande était inutile. Si la fée avait pu lui rendre ce bon office, elle était trop zélée pour attendre qu'il le lui demandât ; mais elle ne pouvait détruire ce que le conseil des fées avait ordonné. La jeune reine étant prisonnière dans la moyenne région de l'air, il n'y avait pas d'apparence d'user d'industrie pour la lui faire voir, et la fée allait le lui faire entendre avec douceur, et l'exhorter à prendre patience en attendant quelques événements imprévus, dont elle se promettait de profiter, lorsqu'une symphonie ravissante se fit entendre et l'interrompit.

Le roi, sa fille, la reine et le prince en furent extasiés. Mais la fée eut une autre sorte de surprise. Cette musique indiquait le triomphe des fées. Elle ne comprenait point qui pouvait être la triomphatrice. Son idée se fixa sur la vieille fée, ou sur la Mère des Temps, qui dans son absence avaient peut-être obtenu, l'une sa liberté, l'autre la permission de causer des nouvelles traverses à ses amants. Elle était dans cette perplexité lorsqu'elle en fut agréablement tirée par la présence de la fée sa sœur, reine de l'Île heureuse, qui parut tout d'un coup au milieu de cette troupe charmante. Elle n'était pas moins belle que quand le roi, son époux, l'avait perdue. Le monarque, qui ne la méconnut pas, en faisant céder le respect qu'il lui devait à l'amour qu'il avait conservé pour elle, l'embrassa avec des transports et une joie qui surprit cette reine elle-même.

La fée, sa sœur, ne pouvait imaginer à quel heureux prodige elle devait sa liberté; mais la fée couronnée lui apprit qu'elle ne devait son bonheur qu'à son propre courage, qui l'avait portée à exposer ses jours pour une autre. «Vous savez, dit-elle à la fée, que la fille de notre reine a été reçue dans l'ordre en naissant, mais qu'elle ne tient pas le jour d'un père sublunaire, l'ayant reçu du sage Amadabak, dont l'alliance honore les fées, et qui est beaucoup plus puissant que nous par sa science sublime. Malgré cela, il n'est point arbitraire pour sa fille de devenir serpent au bout de ses cent premières années. Ce terme fatal est arrivé, et notre reine, mère aussi tendre pour cette chère enfant, et aussi alarmée de son sort, que le pourrait être une créature ordinaire, n'a pu se résoudre à l'abandonner aux risques des accidents qui la pouvaient faire périr en cet état, et dans sa première jeunesse, les malheurs de celles qui y ont succombé n'étant devenus que trop communs pour autoriser ses craintes.

« La douloureuse situation où j'étais m'ôtait tout espoir de revoir mon tendre époux et mon aimable fille. J'avais un dégoût parfait pour une vie que je devais passer séparée d'eux ; ainsi, sans balancer, je pris le parti de m'offrir à ramper pour dégager la jeune fée ; je voyais avec joie un moyen sûr, prompt et honorable pour me délivrer de tous les malheurs dont j'étais accablée par la mort, ou par une liberté glorieuse, qui me rendant maîtresse de mon sort, me permettait de me rejoindre à mon époux.

« Notre reine ne balança pas plus à accepter cette offre si flatteuse à l'amour maternel, que j'avais balancé à la lui faire. Elle m'embrassa cent fois, et me promit de me rétablir dans tous mes privilèges, de me rendre la liberté, sans condition, si j'étais assez heureuse pour échapper à ce danger. Je m'en suis tirée sans accident, le fruit de mes peines a été attribué à la jeune fée, au nom de qui je m'exposais ; j'ai tout de suite recommencé à mon profit. L'heureux succès de mon premier faste m'a encouragée pour le second, où j'ai également réussi. Cette action m'a rendue vétérante, et par conséquent, indépendante. Je n'ai pas tardé à profiter de ma liberté pour me rendre ici, et rejoindre une famille si chère. »

Quand la reine fée eut achevé d'instruire son tendre auditoire, les caresses recommencèrent.

C'était une confusion charmante, on se les faisait et on se les rendait sans presque s'entendre, surtout de la part de la Belle, enchantée d'appartenir à de si illustres parents, et de n'avoir plus à craindre de déshonorer le prince son cousin, en lui faisant faire une alliance indigne de lui.

Mais, quoique transportée de l'excès de son bonheur, elle n'oublia pas le bonhomme qu'elle avait cru son père. Elle rappela à la fée sa tante la promesse qu'elle lui avait faite de permettre qu'il eût avec ses enfants l'honneur d'assister à la fête de son hymen. Elle lui en parlait encore lorsque, de la fenêtre, elles virent paraître seize personnes à cheval, dont la plupart avaient des cors de chasse, et paraissaient fort embarrassés. Le désordre de cette troupe marquait assez que les chevaux les avaient emportés par force. La Belle les reconnut aisément pour les six fils du bonhomme, leurs sœurs, et leurs cinq amants.

Tout le monde, excepté la fée, fut surpris de cette brusque entrée. Ceux qui la faisaient ne le furent pas moins de se trouver par la fougue de leurs chevaux transportés dans un palais qui leur était inconnu. Voici comment cet accident leur était arrivé. Ils étaient tous à la chasse lorsque leurs chevaux, se réunissant à un escadron, avaient couru avec rapidité jusqu'au palais, sans qu'il leur eût été possible de les retenir malgré tous les efforts qu'ils avaient pu faire.

La Belle, oubliant sa dignité présente, se hâta d'aller au-devant d'eux pour les rassurer. Elle les embrassa tous avec bonté. Le bonhomme père parut aussi, mais ce fut sans désordre. Le cheval était venu hennir et gratter à sa porte. Il n'avait pas douté qu'il ne le vînt chercher de la part de cette chère fille. Il s'en servit sans crainte, et jugeant bien où sa monture le portait, il ne fut point étonné de se trouver dans la cour d'un palais, qu'il revoyait pour la troisième fois, et où il se doutait qu'il était conduit pour assister au mariage de la Belle et de la Bête.

Dès qu'il put l'apercevoir, il courut à elle les bras ouverts, en bénissant l'heureux moment qui la présentait à ses yeux, et comblant de bénédictions la Bête généreuse, qui permettait son retour. Il promena ses regards de tous côtés, dans le dessein de lui rendre de très humbles grâces pour les bontés dont elle comblait sa famille, et surtout la dernière de ses filles. Il fut fâché de ne la point apercevoir, et appréhenda que ses conjectures ne fussent fausses. Cependant, la présence de ses enfants lui donnait lieu de croire qu'il avait pensé juste, et qu'ils n'auraient pas été attirés dans ce lieu s'il n'avait pas été question d'une fête solennelle, telle que le devait être cet hymen.

Cette réflexion se faisait dans l'intérieur du bonhomme et ne l'empêchait pas de serrer tendrement la Belle entre ses bras, en lui mouillant le visage des larmes que sa joie lui faisait répandre.

Après la lui avoir laissée goûter à son aise : « C'est assez, bonhomme, lui dit enfin la fée, vous avez suffisamment prodigué vos caresses à cette princesse, il est temps que cessant de la regarder comme un père, vous appreniez que ce titre ne vous appartient pas, et que vous devez à présent lui rendre hommage comme à votre souveraine. Elle est princesse de l'Île heureuse, fille du roi et de la reine que vous voyez, elle va devenir l'épouse de ce prince. Voilà la reine sa mère, sœur du roi. Je suis fée, son amie, et tante de la Belle. Quant au prince, ajouta-t-elle, en voyant que le bonhomme le regardait fixement, il vous est plus connu que vous le pensez, mais il est différent de ce que vous l'avez vu, en un mot, c'est la Bête elle-même. »

Apprenant de si surprenantes nouvelles, le père et les frères en furent ravis, tandis que les sœurs en sentirent une douloureuse jalousie ; mais elles la déguisèrent sous les apparences d'une feinte satisfaction, dont personne ne fut la dupe. Cependant, on feignit de les croire sincères. Pour les amants, que l'espérance de posséder la Belle avait rendus inconstants, et qui n'étaient rentrés dans leurs premières chaînes qu'en désespoir de l'obtenir, ils ne savaient qu'imaginer.

Le marchand ne put s'empêcher de pleurer, sans pouvoir décider si ses larmes provenaient du plaisir de voir le bonheur de la Belle ou de la douleur de perdre une fille si parfaite. Ses fils étaient agités par les mêmes sentiments. La Belle, extrêmement sensible au témoignage de leur tendresse, supplia ceux de qui elle dépendait alors, ainsi que le prince, son futur époux, de lui permettre de reconnaître une si tendre affection. Sa prière témoignait trop la bonté de son cœur pour qu'elle ne fût pas écoutée. Ils furent comblés de biens, et sous le bon plaisir du roi, du prince et de la reine, la Belle leur conserva les noms affectueux de père, de frères, et même de sœurs, quoiqu'elle n'ignorait pas que ces dernières n'en avaient pas plus le cœur que le sang.

Elle voulut que tous continuassent à se servir du même nom dont ils l'appelaient quand ils la croyaient de leur famille. Le vieillard et ses enfants eurent des emplois à la cour de la Belle, et jouirent continuellement du bonheur de vivre auprès d'elle dans un rang assez illustre pour être généralement considérés. Pour les amants des sœurs, dont la passion se serait aisément rallumée s'ils n'en avaient connu l'inutilité, ils se trouvèrent trop heureux de s'unir aux filles du bonhomme, et d'épouser des personnes pour qui la Belle conservait tant de bonté.

Tous ceux qu'elle désirait qui fussent présents à son mariage étaient arrivés. On ne le différa pas plus longtemps, et pendant la nuit qui suivit cet heureux jour, le prince ne fut point frappé du charme assoupissant sous lequel il avait succombé dans celle des noces de la Bête. Pour célébrer cette auguste fête, plusieurs jours s'écoulèrent dans les plaisirs. Ils ne finirent que parce que la fée, tante de la jeune épouse, les avertit qu'ils ne devaient plus tarder à quitter cette belle solitude, qu'il fallait retourner dans leurs états pour se montrer à leurs sujets.

Il fut à propos qu'elle les fît souvenir de leur royaume et des devoirs indispensables qui les y rappelaient. Enchantés du séjour qu'ils habitaient, charmés du plaisir qu'ils avaient de s'aimer et de se le dire, ils avaient entièrement oublié la grandeur souveraine, ainsi que l'embarras qui la suit. Les nouveaux époux proposèrent même à la fée d'y renoncer et de consentir qu'elle disposât de leur place en faveur de qui elle jugerait à propos. Mais cette sage Intelligence leur représenta vivement qu'ils étaient autant obligés à remplir la destinée qui les avait chargés du gouvernement de leurs peuples, que ces mêmes peuples l'étaient à conserver pour eux un respect éternel.

Ils cédèrent à de si justes remontrances ; mais le prince et la Belle obtinrent qu'il leur serait permis de venir quelquefois en ce lieu se délasser des peines inséparables de leurs conditions, et qu'ils y seraient servis par les génies invisibles, ou les animaux qui leur avaient tenu compagnie les années précédentes. Ils profitèrent le plus qu'il leur fut possible de cette liberté. Leur présence paraissait embellir ces lieux ; tout s'empressait à leur plaire. Les génies les y attendaient avec impatience, et les recevant avec joie, leur témoignaient de cent façons celle qu'ils ressentaient de leur retour.

La fée, de qui la prévoyance était attentive à tout, leur donna un char tiré par douze cerfs blancs à cornes et à pinces d'or, comme étaient les siens. La vitesse de ces animaux surpassait presque celle de la pensée, et par leur moyen, l'on pouvait aisément faire le tour du monde en deux heures. De cette sorte, ils ne perdaient point de temps à leur voyage : ils profitaient de tous les instants qu'ils pouvaient donner à leur plaisir. Ils se servaient aussi de ce galant équipage pour aller souvent voir le roi de l'Île heureuse, leur père, que le retour de la reine fée avait si prodigieusement rajeuni, qu'il ne le cédait pas en beauté et en bonne mine au prince son gendre. Il se trouvait aussi heureux, étant ni moins amoureux, ni moins empressé que lui, à donner à son épouse des témoignages continuels de ses sentiments, laquelle, de son côté, y répondait avec tout l'amour qui avait si longtemps causé ses infortunes.

Elle avait été reçue de ses sujets avec des transports de joie aussi grands qu'elle leur en avait causé de douloureux par la perte sensible de son affection, et les aima toujours chèrement, et rien ne s'opposa alors à sa puissance, elle la leur témoigna pendant plusieurs siècles par toutes les marques de bonne volonté qu'ils purent désirer. Son pouvoir, joint à l'amitié de la reine des fées, conserva la vie, la santé et la jeunesse au roi son époux. Ils cessèrent de vivre l'un et l'autre parce que l'homme ne peut pas toujours durer.

Elle et la fée sa sœur eurent la même intention

pour la Belle, pour son époux, la reine sa mère, le vieillard et sa famille, en sorte qu'on n'a jamais vu tant vivre. La reine, mère du prince, n'oublia pas de faire inscrire cette histoire merveilleuse dans les archives de cet empire et dans celles de l'Île heureuse, pour la transmettre à la postérité. On en envoya des relations par tout l'univers, afin qu'il y fût éternellement parlé des aventures prodigieuses de la Belle et de la Bête[1].

1. Le cadre du récit est rappelé pour terminer (deuxième partie, p. 205-207) : « Mlle de Chon finit ainsi son conte. Il avait agréablement occupé la compagnie à cinq reprises différentes. [...] la petite Robercourt [...] voulait sans tarder que sa chère de Chon en recommençât un autre [...]. » Après quelques hésitations, le capitaine du bateau se propose pour raconter une nouvelle histoire, *Les Nayades*, qui commence aussitôt.

Appendices

Éléments biographiques

1685. Naissance à Paris de Gabrielle-Suzanne Barbot, fille
d'un avocat au Parlement de La Rochelle (elle compte
parmi ses ancêtres des explorateurs de l'Afrique et des
Antilles, dont elle a pu se souvenir pour son projet de
contes marins). Dans la dédicace à Mme Feydeau de
Marville que l'on trouve en tête de *La Belle et la Bête*,
elle note qu'elle est « fille d'un père illustre dont l'habileté et la vigilance ont préservé des calamités [...] une
ville qui prétend lui devoir sa conservation ».

1706. Gabrielle Barbot épouse Jean-Baptiste Gaallon de Villeneuve, lieutenant-colonel d'infanterie. Six mois plus
tard, le couple est séparé de biens (mais non de corps)
suite aux dettes du jeune homme et à sa mauvaise
conduite.

1708. Naissance d'une fille, Marie-Louise-Suzanne, sur laquelle nous ne disposons d'aucune autre information.

1711. Décès de M. de Villeneuve qui laisse une veuve de vingt-
six ans.

1728. Perte de la plupart des biens du ménage après divers
procès.

1730 ? Rencontre de Prosper Jolyot de Crébillon (1674-1762),
dit Crébillon père, célèbre dramaturge, académicien et
censeur royal. Mme de Villeneuve vivra en concubinage
avec lui à partir d'une date indéterminée.

1734. *Le Phoenix conjugal, nouvelle du temps*, première publication de Gabrielle de Villeneuve. Elle est âgée de quarante-neuf ans.

1739. *Gaston de Foix, quatrième du nom, nouvelle historique, galante et tragique* « par M.D.V*** » (parfois attribué à Adrien de la Vieuville de Vignacourt).

1740. *La Jeune Amériquaine et les contes marins* « par Madame de*** ». Le récit sera repris dans *Le Cabinet des fées*, vaste compilation de contes parue en 41 volumes entre 1785 et 1789.

1744. *Le Loup galeux et la Jeune vieille, contes* « par Mad. de V*** » (parfois attribué au comte de Caylus ou à Françoise de Graffigny, il sera l'objet d'une querelle).

1745. *Les Belles solitaires* « par Madame de V*** ».

1753. *La Jardinière de Vincennes* « par Madame de V*** ». Le roman, qui reprend un motif de la *commedia dell'arte*, connaît un réel succès et huit rééditions jusqu'au début du XIXe siècle.

1752. *Le Beau-frère supposé* « par Madame D. V. ». *Les Ressources de l'amour*, sans mention de nom (il a parfois été attribué à Jean-François de Bastide).

1754. *Le Juge prévenu* « par Madame de V*** ».

1755. Décès à Paris de Gabrielle de Villeneuve, âgée de soixante-dix ans. Deux textes seront publiés après sa mort dont l'attribution est considérée par certains comme douteuse : *Anecdotes de la cour d'Alphonse onzième du nom, roi de Castille* « par Mme de V*** » et *Mesdemoiselles de Marsange* « par l'auteur de la Jardinière de Vincennes ».

Repères bibliographiques

Ouvrages de Madame de Villeneuve

La Belle et la Bête, éd. Jacques Cotin et Elisabeth Lemirre, Paris, Gallimard, « Le Promeneur », 1996.

La Jeune Américaine et les contes marins, éd. Elisa Biancardi, Paris, Honoré Champion, « Bibliothèque des Génies et des fées », 2008 [cette édition de référence, qui comporte une solide introduction suivie d'une notice bio-bibliographique (p. 9-69), contient également *Le Temps et la patience* et *Les Belles solitaires* de Mme de Villeneuve ainsi que le *Magasin des enfants* de Mme Leprince de Beaumont].

Ouvrages et articles critiques

GIROU-SWIDERSKI, Marie-Laure, « La Belle ou la bête ? Mme de Villeneuve, la méconnue », in *Femmes savantes et femmes d'esprit. Women intellectuals of the French Eighteenth Century*, Roland Bonnel et Catherine Rubinger (dir.), New York, Peter Lang, 1994, p. 99-128.

ROBERT, Raymonde, *Le Conte de fées littéraire en France de la fin du XVIIe à la fin du XVIIIe siècle*, Presses universitaires de Nancy, 1981.

SERMAIN, Jean-Paul, *Le Conte de fées du classicisme aux Lumières*, Paris, Desjonquères, 2005 [sur Villeneuve, p. 67-69].

Stewart, Joan Hinde, « Les vieilles fées ou un "bizarre assortiment" », *Dix-huitième siècle*, n° 36, 2004, p. 197-209.

Quelques adaptations

DESSINS ANIMÉS

La Fleur écarlate, réalisé par le Russe Lev Atamanov (1952), d'après un conte de Serguei Timofeïevitch Akasov.
La Belle et la Bête, réalisé par Gary Rousdale et Kirk Walmse pour Walt Disney (1991).

FILMS

La Belle et la Bête, film français réalisé par Jean Cocteau (1946) avec Jean Marais et Josette Day.
La Belle et la Bête, film américain réalisé par Edward L. Cahn (1962) avec Mark Damon et Joyce Taylor.
La Belle et la Bête, film tchèque réalisé par Juraj Herz (1979).

Et aussi

La Belle et la Bête, série télévisée (1987-1990) créée par Ron Koslow avec Linda Hamilton et Ron Perlman.
Les Entretiens de la Belle et la Bête, pièce pour piano de Maurice Ravel.
Philip Glass a composé un opéra (1991) sur le film de Cocteau.
La Belle et la Bête, de Fredric Brown (Paris, Gallimard, « Série noire », 1966).
La Bête et la Belle, de Thierry Jonquet (Paris, Gallimard, « Série noire », 2000).

Composition CPI Bussière.
Impression Novoprint
à Barcelone, le 7 avril 2010.
Dépôt légal : avril 2010.
ISBN 978-2-07-034959-3./Imprimé en Espagne.

170540